大风诗丛

徐向中 主编

# 八月十五月正圆

刘学继 著

中国书籍出版社
China Book Press

图书在版编目（ＣＩＰ）数据

八月十五月正圆 / 刘学继著 . -- 北京 ： 中国书籍出版社，2023.11

（大风诗丛）

ISBN 978-7-5068-9647-4

Ⅰ．①八… Ⅱ．①刘… Ⅲ．①诗集－中国－当代
Ⅳ．① I227

中国国家版本馆 CIP 数据核字（2023）第 216452 号

## 八月十五月正圆

刘学继　著

| | |
|---|---|
| **策划编辑** | 毕　磊 |
| **责任编辑** | 毕　磊 |
| **责任印制** | 孙马飞　马　芝 |
| **封面设计** | 郝　丽 |
| **出版发行** | 中国书籍出版社 |
| **社　　址** | 北京市丰台区三路居路 97 号（邮编：100073） |
| **电　　话** | （010）52257143（总编室）　（010）52257153（发行部） |
| **电子信息** | eo@chinabp.com.cn |
| **经　　销** | 全国新华书店 |
| **照　　排** | 徐州盛景包装设计有限公司 |
| **印　　刷** | 徐州市环城印刷有限公司 |
| **开　　本** | 787mm×1092mm　1/16 |
| **字　　数** | 1763 千字 |
| **印　　张** | 138 |
| **版　　次** | 2025 年 2 月第 1 版　　2025 年 2 月第 1 次印刷 |
| **书　　号** | ISBN 978-7-5068-9647-4 |
| **定　　价** | 560.00 元（全 7 册） |

# 悠悠雅韵　浩浩诗风
## ——《大风诗丛》总序

徐州，自《徐人歌》《大风歌》而后，两千多年来，风骚灿烂，作家星布，代出奇才，不可胜数。徐籍大家刘邦、刘彻、刘交、韦孟、刘细君、徐悱、刘商、刘孝绰、刘令娴、刘禹锡、李煜、陈师道、刘端礼、刘彦泽、陈铎、马蕙、李向阳、阎尔梅、万寿祺、李蟠、张竹坡、孙运锦、张伯英、祁汉云、王学渊、韩志正、周祥骏等，光耀史册，激励后来。

新中国建立，特别是改革开放四十多年来，经济发展，社会进步，生活安定，舆论宽松，中央倡导弘扬优秀传统文化，推进精神文明建设，增强文化自信，故而吟诗填词，好者群出，一时比学赶帮，人才济济，结集成册，遂成时尚。近年来，徐州诗人荣获国家、省、市诗歌大奖者络绎不绝，所刊之诗词集，何止百部，真个前所未有。2013年，徐州更是荣获"中华诗词之市"光荣称号，实为众星捧月之果，其华熠熠，遐迩争誉。

今年，柳振君、刘学继、王惠敏、李贤君、马广群、郑红弥、黄亮，联袂出版《大风诗丛》，这是徐州吟坛又一喜事。他们既有笔耕多年、声名远播的老手，也有写作不久，但才华颇深的中年，还有1980年代的后起之秀。笔者不揣浅陋，为作总序。因行文过长，遵出版社建议，故将所写每位作者的内容单独提出而各自成篇。

《八月十五月正圆》是刘学继先生的诗集。先生虽从医，但业余却在文学创作上取得了丰硕成果,先后发表有历史故事、民间故事、报告文学、人物传记、微电影、电视剧等,诗歌仅是其中一项。本集收作品800首,时间跨度五十多年,颇为厚重。体裁为自由诗,长的可达十几二十句,短的三五句,格律、韵脚均随内容发挥,不拘一格。题材也非常广泛,有对双亲的感恩、怀念,有对友情的珍视、守护,有对人情世故的体悟,有对自然物象的歌吟,有民俗、节庆、田家四时耕耘收获的记录与感想,有对写作的执著,抒情言志,多姿多彩,怡心悦目。

如《燕子》:"去年把你撵门外,而今却又飞回来。房内哪有筑巢处,阳台上面亦可待。万里征途寻旧窝,秋去春回不徘徊。不是主人多忘客,满堂笑语新一代。"房屋拆旧建新,将燕子撵走,因燕子恋旧,重回故地,可楼房无处垒窝,就连房主也"满堂笑语新一代"。这是借燕子寻旧巢无果,写农村新貌,用反衬手法,能以小见大,既委婉曲折,又比较风趣。

如《春游》:"师生惜别几十年,今春相聚游艾山。景区小路不见长,光阴树下嫌日短。"写师生难得聚游,总希望多呆一会,故而嫌路短、盼日长,能以情融景,含蓄耐品。

俗语云"远亲不如近邻""千金买邻"这都说明邻居的重要。作者写《邻居》:"邻居同是一个天 / 我在山北 / 你在山南 / 两家烧锅一缕烟 / 太阳出来照两家 / 月亮西去两家暗 / 天上下雨不留边 / 你家打雷 / 我家打闪 / 一个火炉两家暖 / 你添一勺油 / 我放一把盐 / 你家没肉我家馋。"从自然环境、风雨气候、日常生活等,说明邻居的彼此依存、不可分割,形象细密,饶有趣味。

如《青年人》:"稻谷黄似金 / 棉花白如银 / 高天笑出星和月 / 田

头走出年轻人 / 小伙子哼着甜蜜歌 / 小姑娘早把音来趁 / 你来我家喝杯茶 / 我到你家是贵人。"这是写一对恋爱中的农村青年,日晚要收工回家的场景。田野、天空之景,由低到高,依次呈现,而后再描述一对青年的情态,景色互衬,优美亮丽。女青年的话语,自然亲切,温馨可人。"高天笑出星和月"的拟人手法,尤增韵味。全诗视觉、听觉、色彩、人与景有机融汇,欢快风趣。本集好作品很多,限于篇幅,不能一一举例,有宋若铭先生的序,可以互参,这里谨以小词赞之。

十五月儿圆,灿灿金秋好。收获诗篇满卷香,留作传家宝。

苦短是人生,天地从无老。美意高情不畏磨,岁岁融春草。

——调寄《卜算子》

综括,七位作者的诗词集,基本体现了各自水平,所抒发的美好、真善、爱憎,都是发乎内心的,都有着明显的地域特色和时代特征,从中可以感受他们良好的文学修养以及深厚的生活积累。悠悠雅韵,浩浩诗风,本丛书的出版,也从一个侧面,印证了徐州诗坛创作的兴旺红火,但愿能得到读者的欢迎喜爱。最后,谨以一阕《清平乐》为贺:

诗词七卷,各把真情献。尽敞胸襟歌美善,耀目缤纷灿烂。

欣逢家国隆昌,和风喜伴春阳。助力文明进步,绵绵心曲流香。

徐向中

2023 年 10 月

# 序

## 心如日月诗如虹

徐州诗人刘学继先生诗集《八月十五月正圆》即将面世。翻着厚厚的诗稿,很为他高兴。但却为难于学继兄令我为诗集作序的请求。因为历来作序者不是位高权重影响力巨大,就是德高望重硕果累累的大家。我虽负作家虚名,然几本不像样的"作品",实在叫我没有勇气捉笔。然学继先生作为浮躁时代的文化坚守者,勤学善思明辨笃行的精神素为我所敬重,盛情与信任之下,只能勉为其难。

深夜静心拜读刘学继先生的诗歌集,细读之下,咀嚼之中,内容赏心悦目。掩卷深思,仿佛学继兄和手中的诗集就像一段粗朴的树根,深深地根植于大地。正是身处于黑暗寂寞的大地,无喧嚣繁华之扰,树根专心吸收养料,才会有参天大树的枝繁叶茂。也正是如此,在纷杂浮华的当下,学继兄耐得住纷扰,守得住寂寞,才会有《八月十五月正圆》的面世。就如东坡先生面对荒凉寂寞的黄州,依旧有"何妨吟啸且徐行"的执著,才会有"也无风雨也无晴"的彻悟。

这本诗集共选编学继兄各个时期创作的八百首诗,大体分为:故乡情、心灵的对话、自然之歌、温馨人生、轻吟爱情、生活的沉思和咏物寄意篇。细细品味之下,学继兄捕捉生活的诗歌灵感、提炼主题的社会意识和精妙构思的艺术想象,令人眼前一亮再亮。空口无凭,有诗为证。《门前思》"谁摆宴席遗剩多／为何不能舍予我／久待静处无人问／巧嘴难讨几日饿／如今又想那时节／年轻力壮好做活／挖山填海两肩起／踏云踩雾摘星月"。多么滑稽智巧的表达！有讽刺，有暗喻，有希望，就像无奈的人类顶着满天的雪，站在冬天感恩生命坚强而曼妙的过程。苦短的人生，无论你站多高，孤独和寒冷还是要向你袭来。雪很白很轻，也只有举起时会愉悦，这就是我们每个人的人生。诗人的独特自白深深叩响了我的心弦。突然诗人的形象在我心中高大起来，如冰魂雪魄般。叶落岩下石为峰，思念的弯树如一把刀子，要插进光阴，插进昨天去充血……踏破铁鞋无觅处，得来全不费功夫。我不知道诗人在群山峻岭中踏破了几双跋涉和攀登的铁鞋！但突然觉得为他写序赏评又有了金针度人的感觉，推荐一个真正的诗人给大家真乃三生有幸也。

让我们来看一看诗人的《踏青》"踏青郊外不思归／独赏野蜂采蜜蕊／怕惊初绽叶下花／妙悬云空振翅微／趋前别恨情人痴／笑看昆虫舍命维／即时大雨暂离去／彩虹过后又相随"。诗人徐徐道来平铺直叙，告诉大家一个幸福的人生态度，也体现了诗人与天地自然融合亲密无间的超然之心，在孤独的夜幕中最不会抛弃自己的往往是身边的草木星空，他们也会在夜里讲话唱歌，陪伴着每一个寂寞渺小的人。这首诗告诉大家一个道理，一个安静内涵的人该活在自己心灵的世界并与自然的心灵对接，像万物一样快乐生息。再如《圆月》"八月十五月正圆／未圆月／谁知情纷点点血／交更仍在门旁站／双目炯炯瞅四野／万言无所叙／桂香逼人切／逼人切／逼人切／如今难忘旧时约／东方迟白亦嫌早／望得秋风催黄叶"。作者拟用其诗句为书名，用意恰如其分。上面这几首诗不难看出,诗人用语质朴,在平凡的生活中反映蕴藏五味的人生,简单而又有深度地突显了他独特的风格,不论是对照反衬强调,手法干净利落,没有丝毫的绕弯和雕琢,更没有繁杂高深的意象追叠,清晰明快的思路又不泛深刻的生活哲思,诗人在不经意中揉进了轻松愉悦的思辩,每每行歌拾穗如行云流水从高山慢慢流向凹凸的心地,冲刷着沙层,直到心中的石头光亮起来或化幻为水,融融的柔柔的经过我们的灵魂。诗人脍炙人口短小精品之诗,读后依旧余音绕梁,久久不绝。像那首《银杏情》"银杏叠翠千古梦/远客澄怀触帘醒/生怕走出树林外/无处吟诗叙别情/昨日山下送泉水/今朝新寺煮茶茗/坐看烟云穿廊去/兴逸风雨数百龄"。《桃花行》一诗,我也很喜欢,读起来朗朗上口"桃花岛内桃花行/桃花桥上桃花情/桃花情忘桃花梦/桃花梦醒桃花红/桃花红遍桃花景/桃花景区桃花庆/桃花庆终桃花英/桃花英落桃花坪"。再如《云龙湖》"古彭城南石佛西/山清水秀情相宜/正是残阳无限好/微风湖波显涟漪/惹得游人恨来晚/老船旧客几返迟/不知昨夜悬明月,天上美景龙宫里"。诗人在平淡的叙述中展示着令人神往的境界,在引领读者飞翔时却又峰回路转,使人读后反省深思受益匪浅。《游金陵》《游杏林》《雨后山情》等小诗都是首首精品,小诗中蕴涵大气。作者的诗几乎都以短小精见长,有其独特韵味,真有短调胜长歌的优势,我不是叫同路诗友亦步亦趋,长短诗各有千秋。但现在很多诗写得又长又多,只见华丽堆叠的词藻,难见主题。由此可见,诗人刘学继先生无论在技巧上还是主题立意都达到了一定的高度。用经典凝练平实的语言即可架构出一首意蕴深刻而干净利落的诗来。精品短诗同样使我心生爱慕,推崇备至,读之使人时而心旷神怡时而凝眉深思，余音缭绕之。

自《诗经》三百传世以来，中国三千年诗史，流派众多，名家辈出。他们争辉斗妍，各领风骚。但看那些至今仍广为传唱的诗作，其特征不外乎两点——言真情，载正道。

言真情则自然流露，引人共鸣；载正道则爱国爱民，动人心魄。今天，看刘学继先生的作品，就才情来说，虽不能与名家并论，但却同是以情驭笔，以道排韵，指事言情，气象万千，无不热情讴歌美好生活，讴歌视听所及的一切美好事物，字里行间饱含善良的人性光芒，充溢着积极向上的进取精神，这是最令人欣赏的。可以说，在刘学继先生的诗里小憩，是一种休闲，更是一种修炼。诗中的哲理的智慧，诗中的激情和神韵，诗中的笑意和泪水，不仅蕴藏着阔宇天地的大美，也蕴藏着永恒不灭的力量。

读学继先生地诗真地可以褪去浮躁，灵动的生命将在你身旁诉说世间的美好；澄明的心境将护你于繁杂忧患的人世沧桑。当生命洗尽铅华，辗转回首时，美好的岁月依然在原处照还给你一颗玲珑剔透心。

为什么不在雨夜中捧一壶清茶？那里，你体会到的，不止是纯净，更是一种享受。

**宋若铭**

2023 年 10 月 26 日

于北京

# 宋若铭先生简介

1966 年生于黑龙江省望奎县，毕业于东北林业大学，曾任《中国改革报》"民生视窗"及"文化创意"栏目执行主编，现任国家发改委城市和小城镇发展改革战略研究室主任，兼《发展改革参考》内参室主任。工作之余，醉心于文学创作，著有长篇小说《黑土地的女人们》《恸问苍冥》《鬼谷子》《中华第一圣人传说》，以及传记文学《开国元勋林枫》《薄一波与山西新军》等；同时还是 32 集电视剧《晋西事变》，电影《巾帼英雄李林》等文艺作品的编剧。

# 目 录 CONTENTS

## 诗　文

## 故 乡 情

八月十五月正圆

八月十五月正圆

八月十五月正圆

八月十五月正圆

八月十五月正圆

八月十五月正圆

八月十五月正圆

八月十五月正圆

八月十五月正圆

## 跋

## 附属歌词

# 后　记

诗

文

# 圆　月

八月十五月正圆

未圆月

谁知情纷点点血

交更仍在门旁站

双目炯炯瞅四野

万言无所叙

桂香逼人切

逼人切

逼人切

如今难忘旧时约

东方迟白亦嫌早

望得秋风催黄叶

1980 年 10 月 5 日

# 望 月

古人望月月望今，几度春秋过凡尘。

长夜漫漫谁解月，银河岸边渡船人。

2002 年 10 月 8 日

注：文友李绍元在博客上看到"望月"后，随和诗一首："古人望月月望今，风霜几度过凡尘。寂寞推窗随月去，碧海青天夜夜心。"

# 踏 青

踏青郊外不思归，独赏野蜂采蜜蕊。

怕惊初绽叶下花，妙悬云空振翅微。

趋前别恨他人痴，笑看小虫舍命维。

即时大雨暂离去，彩虹过后又相随。

2005 年 4 月 28 日

# 荷花赋

小荷出水云雾间，满塘清馨人莫前。

有朝一日花蕊露，不求春风香溢远。

2002 年 7 月 9 日

# 红叶石楠

冬风吹尽红叶新，雪压枝头仍争春。
不见河边青翠柳，谁唤古道远行人。

2014 年 11 月 23 日

# 秋　意

瑟瑟秋风吹狂草，漫漫狭径人未少。
别惜花落无情去，自有山林留候鸟。

2019 年 9 月 15 日

# 蝉　歌

蝉歌声脆炎夏热，翠枝总被清风惹。
别来光景偷乘凉，树下闲人欢情切。

1978 年 7 月 9 日

# 送　别

冷月西去

一翻天地

风在怒

雨在泣

问苍穹

何需斗星移

子牙垂钓苦

玉皇正对弈

遥望天星老

朝霞东方曦

1999 年 5 月 3 日

# 蝉声稀

以往蝉鸣落满枝，如今蝉鸣树林里。

暑夏到来蝉声起，捉蝉顽童怨声急。

寻遍家园蝉无迹，不见蝉猴出洞时。

蝉声渐尽蝉声稀，蝉声远去蝉声泣。

2022 年 7 月 7 日

# 推 磨

三更过

睡正浓

夜来最怕吆喝声

今日想来汗如雨

石磨推去满天星

几代人

围磨转

没吃精米和细面

真辛苦

更心酸

故人不知哪里去

石磨仍在小路边

游子偶作留个影

那时谁知今日闲

1999 年 11 月 6 日

注：文友戴修桥和诗一首："千古石磨千古春，千古文明传古今。两片石磨分阴阳。转来转去总无尽。推去年月数百载，改朝换代几更君。唯有今朝辞石磨，留作文物遗埃尘。"

2000 年 1 月 19 日

## 寻 梦

如意道旁小桥横，佚名山下寻旧梦。

无情光阴不留客，枯木枝头春又生。

2000 年 6 月 5 日

## 问 君

不到重阳鸿不来，不到三春花不开。

为何隆冬梅花放，为何清明小燕来。

1979 年 5 月 12 日

## 春花落

三月红艳遍天涯，旋风无情卷落花。

纷飞不知何处去，蜘蛛网上欲安家。

惜看随伴逐流水，飘至江河浪淘沙。

古今有谁恋桃林，黛玉园内正泪下。

2007 年 4 月 16 日

## 无名花

同是园中花，相存无相绕。

偶有蜂蝶来，不知为谁好。

名花枝头开，耀眼逼人恼。

2019 年 9 月 12 日

## 醉　莲

夏风一阵似有仙，莲花池塘惜流年。

清香逼我乘船去，独上高楼步云天。

2017 年 6 月 19 日

## 秋　荷

碧水湖上暮来影，疑是岸边有人行。

莫怨浅塘深秋去，风揉残荷亦伤情。

几只野鸭盘空飞，莲子相聚显蓬英。

当初良君若同舟，哪有独占无限情。

2019 年 10 月 22 日

八 月 十 五 月 正 圆

# 寒 恋

春已到

寒未绝

旋风漫卷冰欲折

昨夜蒙蒙雨

观尽西天月

王母怒

人间雪

万木银裹

深山景色阙

1982 年 2 月 3 日

# 湖　畔

寒远归春梦

田野翠苗展平平

柳叶青

桃花红

岸边树林鸟声声

群游山脚下

湖上一番景

去年逐波小船里

笑语飞过浪涛静

日暮欲别离

相握素手走又停

两行泪

月半明

道是人间无限情

2001 年 4 月 20 日

# 春　雨

幼苗求春雨

雨落花失艳

飓风未到先折腰

霁光一挥间

惊迷众游客

悬崖心难安

黄鹤欲从望塔楼

莫须回头看

登临欲寻仙

高处多有险

苍天难随百人意

寒鸿怨秋蝉

1981 年 2 月 26 日

# 故 乡 情

## 山 情

山有原貌

代代都知晓

如今景点不见了

踏破尽头难找

曾问工匠谁恶

傻子欲言又遮

祈求故人别恨

扯下围裙盖脚

1988 年 5 月 3 日

## 山 风

春光无限好，客友紧伴行。

登高绿林美，万树乐舞迎。

相约远道来，仰视看悬鹰。

我欲离山去，风息游人静。

2020 年 4 月 25 日

# 艾 山

前世未尽姻缘，今游巧遇艾山。

轻踩脚下蒿叶，来日携手并肩。

借问巅峰云雾，艾草几时在现。

徐庶笑指西岭，六十岁月一转。

2013 年 6 月 20 日

## 艾山新貌

### 一

艾山顶上红旗展，歌声响彻云霄间。

多亏党的好领导，荒山薄地变良田。

### 二

艾山顶上红旗展，人马铁牛忙耕田。

杨柳道旁送清风，野鸟齐鸣迎春天。

### 三

艾山顶上红旗展，满湖秋波巨浪翻。

鱼虾河塘欲跳网，莲藕青翠溢香远。

## 四

艾山顶上红旗展，梯田层层满山川。

秋后苹果坠弯枝，霜打青松色更艳。

## 五

艾山顶上红旗展，仓满柴垛如大山。

勤俭节约要牢记，应对国家多贡献。

## 六

艾山顶上红旗展，放眼细瞧俺村变。

高大瓦房一排排，家家都把电线连。

1975 年 5 月 1 日

# 山 音

山音依旧在，鸟啼蝉声远。

欲捡时光去，林下几回返。

2018 年 6 月 19 日

# 游云龙山

久怀登山志，多年未能攀。

今逢登山友，畅谈云龙间。

遍地皆是春，草绿百花艳。

槐香诱醉人，又闻凯歌还。

1978 年 5 月 3 日

# 初秋登山

霜叶遍山红，唯有松柏青。

谁信是秋月，甚似春相逢。

巧云天际绕，征鸿飞鸣声。

举目难收视，我村多优荣。

每度夜晚时，房灯如明星。

诗人吟不倦，拍手喜笑中。

初游情不尽，漫步有良朋。

依依时未过，又作分别行。

1978 年 9 月 10 日

# 艾山脚下

一轮明月照山涧，夜鸟声终人未返。

丛林深处藏笑语，共谋古刹济人间。

当年明月依然在，如今不见艾王前。

群英早聚山脚下，有灵故人世代远。

1987 年 10 月 25 日

# 无名山

无名山上景色绝

历尽峰巅见坎坷

仿佛游人早睡着

三更过

惊醒梦魂面如月

谁毁天神巧施裹

几个工手知情多

云雾欲绕岭将活

风吹过

故人一去永不托

1988 年 10 月 2 日

八月十五月正圆

## 新　悟

艾山游人多，信徒有善恶。

心事神知晓，早惹佛祖笑。

春近寒将远，孤梁盼旧燕。

苍天欲黄昏，树影独依门。

2003 年 2 月 8 日


## 登艾山

秋风动

稠林怒

艾山深处人未静

人未静

旧庙新建

甬道绕尽游子梦

游子梦

信徒众

释迦牟尼香火盛

登高求平安

佛前许愿灵

2002 年 11 月 5 日

# 林荫下

悄登艾山独自高，脚踏古石这边好。

举目欲望白云去，林荫树下留飞鸟。

2018 年 6 月 9 日

# 禹王山

当年禹王治水情，历代此山传美名。

日寇侵华扰中国，台庄前沿炮连声。

旌旗不到号角响，千军万马杀敌营。

今建抗战陈列馆，纪念碑前敬英雄。

2015 年 12 月 8 日

# 雨后游

阴雨连天初放晴，独游艾阳观新景。

优美树林没人到，俏蝶飞舞伴我行。

未见仙台去年客，遍踏山前寻旧影。

暗将心事伴东云，岭下酒店灯又明。

2012 年 7 月 28 日

# 卖土者

闲见狂人挖山根，贪婪无度嗜黄金。

青山绿水全不顾，破坏环境伤民心。

赋诗千首无劝言，难挽长天那片云。

笑看他日麦城去，作孽岭下哭鬼魂。

2022 年 10 月 31 日

# 失　约

少小时节求知音，结拜盟约学古人。

当年与我吟对月，如今逢面不听琴。

2022 年 11 月 3 日

# 小湖冬景

严寒降临树先冷，枯叶离枝亦伤情。

纷飞漫卷绕山去，飘落险处恨旋风。

野鸭盘空几声叫，小湖水上结薄冰。

谁说此景无春意，初见麦苗遍地青。

2012 年 12 月 2 日

## 秋 湖

暮色秋湖烟绕云，碧水青天雾如银。

小船划到激浪处，岸上笑傻有心人。

2015 年 10 月 19 日

## 云龙湖

古彭城南石佛西，山清水秀情相宜。

正是残阳无限好，湖风暮卷微波起。

惹得游人恨来晚，老船旧客几返迟。

不知昨夜悬明月，天上美景龙宫里。

2015 年 11 月 29 日

## 金龙湖

新区一角风景好，游人偏登险过桥。

前日大雪飞天至，不见陈年留冬草。

碧水寒风逐微波，斩断湖上山影摇。

黄昏到来人无去，正是仙境惹人恼。

2015 年 11 月 29 日

# 千岛湖

千岛湖畔君未来，依旧清风绕亭台。

几声鸟啼耳边过，一阵酸楚入情怀。

欲恨夜雨袭野花，哪知丛林遗芳彩。

留得晚霞思远客，满月浮云迎城外。

2016 年 5 月 19 日

# 银杏湖

银杏湖上几春秋，吟诗作对会朋友。

情系时代忙耕耘，心向正阳作品秀。

景区传说新故事，车水马龙未曾休。

追逐梦想飞天际，踏浪轻歌在启舟。

2017 年 6 月 7 日

# 旧宅院

当年宅院独楼高，如今门前狂生草。

半月不见一次来，早有旧邻怨声绕。

2021 年 5 月 5 日

# 古运河

运河故道碧水流，千载风浪万重舟。

江天一线贯南北，坐观云头胜难收。

未见当年渔翁面，飞驾快艇巧戏鸥。

游人纷争景深去，妙入桃源度春秋。

2002 年 8 月 20 日

# 小山村

静居山村几十年，陋习怪状亦可见。

家有土地遗成荒，携妻带子捡破烂。

谁若置田守规矩，东邻西舍别样看。

我送论语无人读，三叩九拜非圣贤。

2015 年 10 月 28 日

# 旧村落

时光留圣地，邻旁新楼立。

要知眼前景，旧村初使遗。

2021 年 12 月 11 日

# 桃花岛

桃花岛内碧水连，二十四座桥为船。

游客不渡影将去，小河笑纳再来园。

古木山林群鸟飞，恰如喜庆同盛宴。

谁开今世新区景，劳动人民多奉献。

2015 年 7 月 26 日

# 不夜城

万家飘彩灯，神州不夜城。

华夏共明月，天上人间情。

我欲寒宫去，嫦娥歌舞迎。

走出新区外，又是一番景。

2015 年 10 月 1 日

# 仙　境

夏临小园池塘边，静望水影两重天。

若疑树鸟逗愚人，别信此处有神仙。

2020 年 4 月 26 日

# 上楼台

漫雨一夜晨方休，半晴天际白云秀。

但愿天风别来迟，扶我悄步上高楼。

庭景正是初夏日，平台小池伴湖游。

出门有心无意去，他区独到见朋友。

2016 年 7 月 15 日

# 月照新楼

### 其一

明月高照层楼新，居住闹区初见君。

相遇不敢大声语，怕惊梦里笑声人。

### 其二

一轮明月照高楼，高楼里面人不愁。

楼上三餐叫外卖，男女老少不下楼。

2016 年 10 月 26 日

# 忆 梦

朋友相逢忆梦中，伴游山林踏花行。

但愿好景漫长夜，雄鸡无唱天别明。

1982 年 6 月 20 日

# 乡 下

手工农活日去远，而今乡下很少见。

偶遇一户扎扫笤，着意令我惊心叹。

新城高楼占地起，无需老牛苦耕田。

旧村遗事眼前过，暮生炊烟慈母唤。

2021 年 2 月 18 日

# 过城河

桥浮人山逛自多，争先恐后过城河。

千村批地宅移址，万户消疏呈楼阁。

新区美景夺照日，夜宵霓虹映星月。

村民相争此处来，静居闹市合家乐。

2001 年 2 月 23 日

# 思乡情

移居新城望故乡，白云飘起几重想。
愁思不绝飞天际，耳畔空鸣雁成行。
难忘他年陈旧事，魂牵梦绕荡柔肠。
熄灯总有不眠夜，钟声敲尽窗外光。

2021 年 10 月 8 日

# 晨　景

美景伴清晨，朝霞染红云。
院里绿化美，别忘育花人。

1979 年 3 月 28 日

# 迎　春

满怀喜悦擎红旗，革命斗争志不移。
跨进一九七六年，迎接未来新胜利。

1977 年 2 月 8 日

# 喜　春

春风吹

柳絮飞

同学相聚歌满堂

齐举友谊杯

酒没了

谁先醉

又是西窗探月时

鸡鸣不思归

1988 年 4 月 9 日

# 知　春

寒冬远去春来早，满山遍野萌芽草。

田间劳作人语笑，林下无处不啼鸟。

2005 年 4 月 2 日

# 春　早

杏花一枝美，雄鸡啼声悄。
风卷云头低，春来看新草。

2019 年 3 月 19 日


# 春　意

严冬仍行梦

三春早到来

沿河树林莫绕雾

杨柳芽欲开

谁踏百草绿

群芳野山外

天涯无处不风雨

游人情满怀

1989 年 3 月 8 日


# 春　忙

艳阳翠柳一村庄，偕老携幼迎春忙。
处处开满大寨花，满社宣出未来象。

1976 年 4 月 8 日

诗

文

# 早　春

清晨我刚与酣梦相揖别
东方霞云早把骄阳冉冉捧托
我慌忙跑到山顶
挥舞着双手准备去迎接
突然一群小鸟从山下飞来
嘴里都衔着串串春歌
我早忘掉了太阳
又拼命地向鸟群奔过
一叶含着春泪的小草
悄悄地把泪珠儿洒了我一脚
小草儿也许是有情义的
她为何让我也享受春天的快乐
不管怎么我还要向前追去
哪怕是天涯海角
追着追着
我的面前却卧着一条小河
于是我呵斥
要么你躲一躲,
要么把我驮过
小河微微地摇着头
笑起层层绿波
于是我迟疑
难道我太自私或贪婪的心野
以上都不是
因为骄阳飞鸟野草小河
都已融进春天的漩涡

1978年5月9日

## 春 醒

花好不嫌林子小，时有高歌闻啼鸟。
昨夜春风忽吹到，满园都是碧绿草。

2019 年 4 月 26 日

## 初春游

凌溲春时到

雾洒雨水早

谁知我存恋乡心

田园好绿苗

离家不见山

却被山情恼

几次梦里寻旧路

今又攀古道

1979 年 4 月 28 日

## 醉 春

峄阳山下花枝俏，池塘蛙声撵飞鸟。
时光逼得春心醉，漫步树下余音绕。

2020 年 3 月 20 日

# 春 景

昨夜西河起潮风，今晨东岸垂柳青。

初见春水流落花，从此浅渡无薄冰。

2021 年 3 月 7 日

# 春临山翠

南山坡上莠莠草，游完青山人未少。

满头银发杨柳絮，梯田绕巅层层好。

2017 年 4 月 16 日

# 春日行

艾山尽头春行早，轻踏脚下无名草。

遍地春色入眼来，百花缭乱独自好。

2021 年 4 月 18 日

# 清　明

清明时节草芽新，轻踏脚步路行人。

欲问春风何处来，飞花落进杏花村。

2021 年 4 月 3 日

# 芒　种

金黄麦穗欲动镰，唤起农忙啼杜鹃

男女老少齐弯腰，只闻田风不见闲

2022 年 6 月 4 日

# 初　伏

择日回旧居，门前初见忙。

挥手几把汗，杂草枝叶长。

不为钱财顾，只图好景光。

夫妻老来伴，锄禾刚入晌。

2015 年 7 月 13 日

八月十五月正圆

# 秋　时

陈雷轰轰

雨点声声

卷起窗帘见夜景

四壁漆黑墙

又是秋时瑟瑟风

屋里人

白首翁

背依床头思无穷

2004 年 10 月 19 日

# 深　秋

冬雪未临野蒿青，难见一片夏时影。

今看园里草上霜，才悟鬓发老年情。

弱柳枝头留白雾，飘落枯叶悄无声。

惜别旧居离家远，正是他乡望秋景。

2005 年 11 月 29 日

# 筑河堰

工地万人忙匆匆，干劲十足意志浓。

土堰多如龙摆尾，红旗飘展迎东风。

1977 年 12 月 10 日

# 冬景俏

远看冬景小，近看梅生俏。

欲折一杆枝，暗香几曾绕。

深暮静无语，夜风漫古道。

2018 年 1 月 17 日

# 翠柳曲

春染长提柳翠黄，桃花枝头扮红妆。

谁凑轻歌柔媚曲，漫步林下闻风浪。

1989 年 4 月 16 日

## 忙麦收

麦田千万人

挥舞银镰谁领群

书记前往奔波

队长日夕不寝

待到号角一声响

乐极那年轻的妇联主任

1980 年 6 月 8 日

## 摘槐花

刺槐青枝香满园，几枝墙外几遮天。

摘得花枝入菜肴，留待高枝鸟声甜。

2020 年 4 月 26 日

## 雪 梅

雪沾梅枝头，暗香与谁留。

树下有行人，夜风吹依旧。

2021 年 2 月 6 日

# 看瓜田

我正往田里去看瓜

太阳早已跳进山崖

月亮在天上时隐时现

彩霞早布满了云景如画

夜鸟在树头不住啼叫

看样是嫌我太傻

旋风从山坡卷来

硬把我赶到田洼

这里正是夜晚的戏场

蚯蚓哼着曲子

蟋蟀正弹着琵琶

还有那河塘里的鱼

小嘴都露出水面

好像在说悄悄话

我凝视着映在水里的暮色

突然几只野鸭浮水腾飞

顿时荡起缕缕浪花。

1975 年 6 月 9 日

八月十五月正圆

# 折桃花

忆童年傻事多

君不为兄我为哥

新春山上望

秋晓梦难柯

逢年四季思相随

更伤飞舞满天雪

谁约君

君推托

谁家悠悠颂情歌

门前长流水

时时鸟飞过

如今已住四壁邻

小燕不在梁上座

盼君不到春又来

折枝桃花与君说

回家堂上插玉瓶

轻风吹来纷纷落。

1979 年 4 月 26 日

## 请家谱

刘姓移落他乡地，不忘根源艾山西。

宗谱支系文自清，互称有据无争议。

清明祭扫香火旺，祖茔依山座不敧。

开问二祖后人多，远方聚来宴满席。

2005 年 4 月 5 日

## 盛　典

华夏刘姓团聚日，徐州沛县祭拜时。

盛况空前振全球，寻根问祖到故里。

古汉遗风今犹在，万象正兴扬彩旗。

清明遥思先人远，更是佳节格外晞。

2010 年 5 月 18 日

## 采香椿

三月采椿小河边，我忙后头君忙前。

手搬枝梢未觉累，酒桌菜香再来园。

2021 年 5 月 1 日

# 剪 园

时日少来过门前，杂草生处共剪园。

独有这边景色好，悄随君行步还乱。

挥刀斩除显旧路，老宅厅堂茶水甜。

老桂新枝越墙过，金秋风绕香飘远。

2019 年 10 月 9 日

# 品香茶

翠竹枝头探晚霞，欲留暮色闹市家。

身居仙境好待客，来我雅居品香茶。

2022 年 5 月 1 日

# 收麦子

芒种依旧啼杜鹃，麦黄之际不动镰。

今见四夏闲人多，铁牛收割跑满田。

2022 年 6 月 6 日

# 秋 恋

夕阳无意归宿 / 只把暮色迷恋

稻谷汇成的粮川

摇摇欲被压陷

是谁驾着小船 / 几度前来察看

巧笑今日众有福

仙女抛下乐园

旋风从地头漫卷

推着谷穗旋转

惊喜一群路人 / 挥舞手中银镰

1979 年 9 月 26 日

# 秋 收

稻谷黄似金 / 风吹浪滚

争分夺秒战光阴

老少齐上阵

挥银镰 / 展红旗

誓做带头人

1979 年 10 月 1 日

# 萌　芽

春风狂荡萌芽低，正是柳叶催青时。

去年树下望明月，回头才知鸡又啼。

2019 年 3 月 29 日

# 桃　花

今年今日此门中，几枝桃花相映红。

我与好友园中来，桃花依旧喜相迎。

2021 年 4 月 1 日

# 桃花节

暇日在家坐，忽闻梁上燕。

谁知春来早，桃花枝头满。

曾以为我开，不晤群人面。

今日过山时，蜂蝶正狂欢。

2004 年 3 月 18 日

# 柳又青

偶见野外桃花红，方知故乡柳又青

晓春奔我门前过，三梦相复半宵中

1978 年 3 月 7 日

# 霜　柳

沿街垂柳初见霜，寒风送叶未厌黄。

当年盛夏烈日时，浓荫树下多乘凉。

如今秋至人散去，不见淑女伴情郎。

传说古槐多故事，诳惹赤子探月亮。

1989 年 12 月 7 日

# 水　杉

白垩纪时入沉梦，几复冰川未曾醒。

而今誉为活化石，遍栽路旁成美景。

高耸云岭竞天峰，青翠枝叶唤黄莺。

游人不愿就此去，水杉树下留俏影。

2002 年 9 月 7 日

# 桂 香

小院桂花今又开，笑迎老友家中来。

未见主人强留客，道是陈酒浓香在。

2014 年 10 月 8 日

# 翠 莲

风吹池塘岸上柳，莲花初开半掩羞。

巧借荷叶挡绯面，野鸭成群逐水流。

2016 年 7 月 19 日

# 樱桃花

中儒文化园，春早花香远。

雄鸡欲高歌，小鸟碎声乱。

墙外有风吹，游人不敢前。

假山池塘影，景色入云端。

2018 年 3 月 9 日

# 青 杏

乍到村头显旧景，鸡犬声声亦有情。

花开时节我没来，小园又见青叶杏。

2019 年 4 月 14 日

# 杏子黄

野鸟轻歌风欲起，又是山乡杏黄时。

不到树下谁思乡，昨夜梦醒诗无题。

2018 年 5 月 19 日

# 园中梅

喜鹊枝上鸣，满树腊月景。

梅花迎风开，香飘庭园中。

2019 年 3 月 7 日

# 曙　光

春归寒山依恋 / 曙光早映东边

去年迟到怨来晚

她在山下看

恨透坡下小沟 / 逼我旱地行船

遍地旋风息又转

卷起缕缕尘烟

1999 年 2 月 3 日


# 夜　曲

曲曲绕尽曲曲音，曲曲离弦曲曲亲。

曲曲醒酒曲曲醉，曲曲伊人曲曲新。

1999 年 4 月 5 日


# 寻旧地

惜别依稀未曾见，至今仍觉一挥间，

几次梦里寻旧地，踏遍故土又茫然。

1978 年 5 月 10 日

# 炊　烟

岁月沧桑看新村，炊烟化作万年尘。

故道小河绕山去，波击船上几更人。

1979 年 9 月 3 日

# 稻花香

稻花香处水清清，又闻柴油机声声。

几年未回乡村去，依旧孩时河畔景。

2019 年 9 月 6 日

# 翠柳枝

春风翠柳新，又闻鹊啼音。

玉兰开花时，踏青野外人。

2022 年 4 月 5 日

# 月牙儿

月儿高照碧空秀

洒下的柔光伴我独步走

举目凝视溶溶月

总觉得嫦娥在向我招手

路旁静悄悄

微风轻霜无情吹白头

此时此刻小路上

多么希望遇朋友

漫漫狭路无尽头

狂思乱想都空有

突然想起学年时

可没有面前的路这么难走

仿佛幼稚的聪慧浮眼前

这又引得群人欲笑又哑喉

别在留恋那速去月光了

快乘上一叶小舟

向对岸划去

那人正在大树下等候

1979 年 11 月 3 日

# 新　境

满山漫坡茅草屋，几经寻访不如初。

青藤攀绕难待客，门前棚架吊葫芦。

1999 年 6 月 3 日

# 寻　觅

大千世界人如海，欲寻志向何方来。

众里寻他千百度，不知身后房门开。

2022 年 4 月 8 日

# 燕　子

去年把你撵门外，而今却又飞回来。

房内哪有筑巢处，阳台上面亦可待。

万里路途寻旧故，秋去春回不徘徊。

别嫌主人多忘客，满堂笑语新一代。

2001 年 5 月 10 日

## 光　阴

小村一别才几天，不知已过近十年。

岁月无情催人老，如今难忘旧时院。

2020 年 6 月 8 日

## 田　源

田渠已弃废多年，绿化灌溉还首选。

路人好奇停脚步，总有用处今不闲。

2019 年 9 月 20 日

## 劝　君

傻人别故乡，不知家中忙。

父母年岁高，姊妹在学堂。

家园谁料理，山田谁插秧。

为此操心早，劝君莫悲伤。

勤奋攻学业，举家迎曙光。

1978 年 5 月 20 日

# 回君书

晓春正时惹芙蓉，雾逐白云送轻风。

唯我树下望明月，唤醒往日忆梦中。

西郊楼前作友后，惜别依稀不相逢。

几次投径问他人，每逢朝暮观西东。

1979 年 6 月 1 日

# 送　君

忽报良君云间走，惊目笑回千年忧。

三十一载归心去，素手牵向贵人楼。

1978 年 6 月 1 日

# 小院赋

小院门前多风雨，恰值树木叶茂时。

青龙白虎布阵高，玄武朱雀刚欲启。

君舍贵金我不卖，留待路临少作息。

神仙都说此处好，正是天适地还宜。

2002 年 1 月 19 日

诗

文

51

# 忆童年

忆起童年甚觉亲，小燕歌唱传佳音。

一群伙伴地头来，捡把麦穗作点心。

小燕小燕快点飞，旋风卷起花头巾。

越过高山越过河，越过林子越过坡。

急死我呀急死我，急得满面流大汗。

急得周身直哆嗦，小燕小燕回头看。

丛中乐死小画眉，树上笑死大喜鹊。

1981 年 10 月 18 日

# 新宅院

才住新宅灯高悬，竹林长翠美家园。

邻里和谐福不尽，传统文化遗风远。

# 过新楼

初见新楼低声叹，高楼邻立肩并肩？

今日屈从楼下过，将来喜居楼上端。

2006 年 6 月 7 日

## 运河行

骊虹乘驾竞远洋，重载丰物情满仓。
两岸美景映眼帘，新舸喜过运河港。
一展秋水怀旧月，疑幻纤夫号音长。
如今闲游人余力，勇往鸣铮破风浪。

2002 年 7 月 27 日

## 游杏林

夕阳西下已黄昏，良朋相约进山林。
桃杏熟时逼我醉，口馋之日才思君。
莫道酸甜劳作苦，汗水浇出满树金。
鹊声唤得夜风闹，晓月又留有情人。

2004 年 5 月 26 日

## 回　家

才驾宝马一色新，初驶古道去时村。
来者不识眼前客，怨我敲错他家门。

2009 年 10 月 16 日

# 笑无言

分别已久乍相见，手舞足蹈笑无言。
忽忆在校同位座，那时逗趣君腼腆。

2010 年 6 月 25 日

# 独自游

悠闲自得逛艾山，一晃已过二十年。
松下寻思怀旧景，看遍巅峰还依然。

2014 年 6 月 28 日

# 过旧居

几曾村前过，旧居未朝临。
难忘去时月，夜风乱入门。
房顶漏风雨，墙下涌泉深。
鹅鸭院池闹，庭洞养鼠神。
此地多有福，儿女情意真。

2014 年 12 月 19 日

# 送好友

你在黑夜里走，却一去不回头。

那点点的萤火，就是你的灵柩。

你留下了思念，令人伤心永久。

2020 年 1 月 26 日

注：忽闻仁兄王克刚病逝，心情难过至极，写此诗永为哀思。

# 志愿者

社区矫正志愿者，协会成立数年多。

帮扶救困乡下去，乐于奉献不言说。

愿为政府分重担，平民百姓合家乐。

关爱备至暖如春，欢天喜地唱赞歌。

2022 年 8 月 16 日

# 河　畔

清明时节风行高，踏青湖畔乱野草。

春晖漫染杨柳树，无处不闻啼鸣鸟。

2022 年 4 月 10 日

诗

文

# 随　吟

数载春秋莫问闲，吟诗会友心自宽。

笔耕薄纸情不忘，背依竹藤思相连。

我置藏书橱柜中，独览史载往千年。

但愿岁月永不老，轻踏征程再启帆。

2022 年 9 月 19 日

# 师生遇

学校揖躬别，数载未曾见。

广场忽相遇，热泪两眉间。

师生紧握手，彼此话语连。

光阴无影去，岁月难回返。

当初情谊深，少小至暮年。

2022 年 9 月 20 日

## 师生会

秋逢暖阳桂花馨，师生相聚分外亲。

自从学校毕业后，未曾见面直到今。

2022 年 10 月 28 日

## 顺风车

邳州顺风车，公益奉献多。

一心为群众，扶贫见余热。

政府有表彰，社会需求切。

2022 年 11 月 9 日

## 春 游

师生惜别几十年，今春相聚游艾山。

景区小路不见长，光阴树下嫌日短。

2023 年 4 月 11 日

# 奇 异

隔河不下雨，十里刮大风。

千艳一日枯，万芳晖异同。

入秋田蛙藏，二月醒蛰龙。

2023 年 5 月 7 日

# 心灵的对话

## 我的心愿

我的心愿,想得很深远,你可知我在想什么?请等等,让我把心里话掏出来,表明一下我的心愿。

我的心愿,并不是高攀,也决不是贪吃求穿,不是为锅台走磨道转,不是为生男育女把后代传,因为凡此种种,只能是庸俗不堪。

我的心愿,让光速一号上九天,让五星红旗在南天门招展,叫天兵天将听从我们的指挥,令星星作玩球供我们投篮。

我的心愿,让银河一桥飞架,让王母开放桃园,牛郎织女随意来往,仙女含笑把蟠桃送往人间。

我的心愿,让后羿把太阳拦,让嫦娥把月儿拴,叫黑暗永不再来,让光明常驻人间。

我的心愿,让吴刚捧出最美的酒,让太公钓出最肥的鳝,给我们备上奇珍异香,为四化庆功摆宴。

我的心愿,让愚公铲平占据大地的山,神州处处是肥沃的田,让精卫把沧海填,我们在龙宫里抽丝纺线。

我的心愿,让熄灭的青春火花重燃,让失恋者重欢,奔四化携手并肩,休要彷徨莫在顾盼。

我的心愿,让大自然重新布置一番,让大地翻覆风光无限,叫红果绿树遍布万岭千山,叫无数昆虫像蚕一样吐丝结茧。

我的心愿,让五讲四美新风在大地吹遍,乡亲邻居不斗殴,婆媳妯娌无争端,建成一个文明的社会,迎接共产主义的明天。

1982年7月7日

诗

文

八月十五月正圆

# 示　友

旧依不舍破，新盟更难为。

今日与君书，永不暗落泪。

丹花淋雨后，依然满春晖。

打马深山去，削发头莫回。

1979 年 8 月 8 日

# 知　音

君玩抖音早，我玩快手迟。

昨日与君见，路遥显情谊。

2019 年 11 月 3 日

# 致君言

久约不达终相见，凉茶一杯板凳寒。

你园没有我园好，我园无处不神仙。

2019 年 9 月 29 日

## 春 晚

爆竹一声旧岁去，烟花璀璨新春来。

祖国欢情人兴旺，高歌太平福如海。

2023 年 1 月 21 日

## 回 信

来信收到，哑然失笑。

静时详阅，可泣可歌。

回味无穷，喜色于形。

百里通信，如邻闻音。

浮想联翩，话语难言。

彼此友谊，无所适依。

书信迟到，知你离校。

鹏程万里，孤芳自喜。

依然还旧，孤闻寡陋。

分别已久，锁眉添愁。

往日心潮，如海浪高。

友谊千秋，古人亦有。

纸短意长，思今想往。

后会有期，笔不达意。

最后祝你，心情常喜。

1977 年 5 月 9 日

## 常　乐

艺人相逢，开篇有戏。

品茶聊天，举杯还喜。

你来我往，互传信息。

2019 年 11 月 5 日

## 与友别

贻赠君收否，千里贻鸿毛。

同学三千日，毕业离其校。

望你怀大志，誓奔革命道。

静思欢乐时，别忘尽逍遥。

1976 年 8 月 6 日

## 明　理

朋友千千万，知心有几人。

当面说好话，暗地讥笑频。

平日少交往，当下看如今。

1977 年 8 月 12 日

## 等　候

独霸湖上半边天，碧波绿水美无限。

欲为伙伴一杆枝，等候不知几时返。

2016 年 9 月 18 日

## 签　约

畅饮透杯酒，烦事尽头灭。

齐力小区内，相争敬劳模。

我愿饮不醉，绿灯伴红火。

不怕他人误，公道任评说。

2012 年 1 月 6 日

## 狂　饮

开口神气散，舌动是非生。

满桌溅言起，杯伏临不惊。

狂饮人自醉，寒舍无煮茗。

文挥珠帘动，诗在烈酒中。

2018 年 10 月 28 日

# 开心时

话道开心时，笑不藏深处

举手千杯干，魂魄坐无主

1999 年 12 月 5 日

# 言　听

心欲去 / 风雨行

满身着湿衣 / 无处觅凉亭

昨日与君一席话

今晨树梢闻鸟鸣

2019 年 8 月 7 日

# 感　言

网内千万人，有谁知我心。

君子一言出，话语惊鬼神。

小写随意去，回头古为今。

不结行恶者，良朋永世亲。

2005 年 6 月 17 日

## 希　望

少盖一层楼，多修几条路。

老人出行易，学童不叫苦。

早日清风至，村官更清廉。

2005 年 10 月 8 日

## 亭台舞

微挪舞姿九天仙，飞落亭台玉宇间。

闻醉子规声远去，明月几时伴今晚。

2019 年 5 月 26 日

## 谢文友

诗集成书序前情，寻觅主笔宋若铭。

夜翻几摞文稿后，虔称尊我学继兄。

静听花絮逗风雨，心如日月诗如虹。

赞誉悄藏锦囊内，愿君吟吭相伴行。

2022 年 6 月 6 日

## 学驶船

应向渔翁学驶船，百端叮嘱记心间。

不怕海岸宽无边，迎风破浪永直前。

1973 年 5 月 3 日

## 谈学年

别后偶遇谈学年，同窗共坐读诗篇。

说到情趣话无了，但愿在给三千天。

欢度之日时难忘，举杯畅饮浓酒甜。

惜别午夜不愿去，唯恐朝暮思相连。

1974 年 8 月 1 日

## 观古迹

久闻其境未曾见，今同好友徒步前。

古寺塌落石成堆，惜看旧庙遗迹残。

此处只有碑文在，原来却是焚香庵。

建在山巅多风雨，俯视须臾头昏眩。

1974 年 11 月 22 日

# 静 游

与君漫行南山下，乱云起处见天涯。

今日直到深林去，同踏野草见奇葩。

1977 年 4 月 12 日

# 早来临

前日曾思过，今朝早来临。

我欲绕巷去，对面过来人。

1978 年 7 月 1 日

# 看海鸥

不怕大海起浪，我要看海鸥。

不怕山高入云，我要架雄鹰。

不怕严冬寒冷，我要赏梅花。

不怕群星凌月，我要望太空。

1982 年 8 月 20 日

# 午夜登山

漆黑寻山路 / 乱石堆如峰

一年一次登高处

不见那人影

忙问身边友

一个南走北奔 / 一个远走高升

久怀人间志 / 不醉心涌

看山上松林

年年身高 / 岁岁翠容

1978 年 2 月 18 日

# 小亭廊

紫藤花谢鸟无闹，陪君不嫌路途遥。

走出亭廊绿荫道，才知光景独处好。

2005 年 6 月 26 日

## 捉金蝉

昨晚捉知了，突闻千树鸣。

林下手打灯，彻夜有人行。

金蝉静悄出，无意惹顽童。

2005 年 8 月 3 日

## 夏　闹

夏晓蝉林，鸟尊高枝。

痴情早阳，别梦先啼。

群芳初醒，劝君莫嬉。

鸟花有情，世人珍惜。

2005 年 8 月 26 日

## 观　花

春风吹尽四月八，正是得意芍药花。

欲乘叶舟芳海去，轻歌起舞唱中华。

2016 年 4 月 9 日

## 观海报有感

若不信任，何必靠近。

吻个不停，难舍难分。

爱有多深，手枪逼心。

感觉在口，早及全身。

欲问为何，误以为真。

2006 年 2 月 19 日

注：一张海报，男女主角拥抱亲吻，却双方手持着枪，一对前胸，一对后背，
观后感人至深。

## 待哺时

圣哺展翅云天外，苦寻蛉蛾几返载。

劝君莫打三春鸟，巢中子幼盼母来。

开口迎食褓中日，此时唯有真情在。

羽翼丰满竞高歌，层林深处有恩爱。

2006 年 5 月 16 日

# 游金陵

古城已秋夏未归，玄武湖畔情相随。
路有知己人不散，大雨欲来群鸟飞。
紫金山上观晚霞，梅园新村敬公伟。
谁能留得光阴驻，但愿世间永轮回。

2008 年 9 月 20 日


# 盼雷锋

集市闹区倒老翁，路人漠视且绕行。
我欲前往搀扶起，身边早有阻拦声。
去年此处同一事，却被讹诈无理评。
求救谁来忙相助，耐待苦等盼雷锋。

2012 年 8 月 23 日


# 独自高

初上新楼独自高，平目俯视邻区小。
运来东风福气满，愁去一缕万事好。

2017 年 2 月 11 日

# 看约会

风卷细雨云成雾，漫绕小荷莲香处。

两人湖畔过溪渠，面前置了鸿沟路。

彼此相隔两三步，看似不曾旧如故。

倘若失约心无数，哪有小河同船渡。

2015 年 8 月 10 日

# 君来晚

炎夏无情去，谁怜青翠叶。

一年一度枯，莫嫌秋风烈。

赏荷君来晚，明春早时节。

2016 年 9 月 19 日

# 惜落花

春风回首漫天涯，少年嬉戏踩落花。

树鸟高枝鸣不断，唤醒顽童惜脚下。

2017 年 3 月 10 日

## 田　里

空调客厅别嫌热，应看老农锄田禾。

人生自古心难尽，待到沙漠看骆驼。

2017 年 7 月 28 日

## 看明星

飞速忙赶路，午夜才进京。

灯火阑珊处，云集看明星。

前来谁愿回，早有客人等。

2018 年 3 月 12 日

## 京　城

精神抖擞轻歌起，酒吧辉煌京城里。

导演举杯我说戏，宏光娇娆风撩衣。

2018 年 5 月 8 日

诗

文

73

八月十五月正圆

# 夜 听

夜深人已静，排气扇不停。

欢乐买后窗，谁还过通城。

2018 年 8 月 6 日

# 孤芳乐

别嫌花一朵，清香飘满坡。

待君再看时，蝶舞野蜂歌。

2019 年 5 月 1 日

# 观黄杏

昨日初见青杏小，今临树林枝头俏。

不是酸口望夏至，杜鹃一声旧情绕。

2019 年 5 月 21 日

# 仙　境

林间漫漫路，蓬草蒙蒙雾。

远看景色深，尽头仙居处。

若待十年乐，谁听其中曲。

2019 年 6 月 21 日

# 寺　庙

黄叶送秋风，小寺神龛空。

昨日见居士，泪眼两香亭。

信佛必修心，公到自然成。

2019 年 9 月 23 日

# 辟　谷

勉从静处望云天，京都归来好偷闲。

欲辟斋食几日去，又思丰盛盘中餐。

2020 年 6 月 25 日

八月十五月正圆

# 鹊桥会

蔚蓝天边，鹊桥显现。

牛郎织女，挥泪相见。

一年一会，时光太短。

但愿王母，收回时限。

2020 年 7 月 7 日

# 插瓶花

户外春色花枝多，我不为君君为我。

陪君南园随风看，山雨欲来见骨朵。

2021 年 4 月 16 日

# 提蒜薹

五月一劳动节，体现人民本色。

提上几把蒜薹，谁嫌天气炎热。

2021 年 5 月 1 日

## 鹊　啼

喜鹊高歌登枝上，飘落白云显曙光。

黄道吉日几时有，善待眼前事一桩。

2021 年 6 月 1 日

## 雀　鸣

金蝉独自居树头，唱尽高歌噪无休。

远风有意摇枝过，贪婪螳螂在其后。

展翅黄雀一声鸣，脱险时节不念救。

生来就有美景命，一片绿林初见秋。

2021 年 8 月 19 日

## 去时光

失去的时光，载乘着风采。

几曾入梦后，欲从找回来。

路上有过客，讥笑多痴呆。

其实我不傻，幸福看现在。

2022 年 7 月 18 日

# 松 柏

高山顶上立劲松，巍然屹立傲苍穹。

不经一番寒霜降，哪得翠枝傲冬风。

1973 年 2 月 26 日

# 合欢树

冬日青翠远离枝，尽看寒霜几来袭。

耐待寂寞清冷去，来年春风花红时。

1979 年 11 月 1 日

# 美金莲

三寸金莲定乾坤，容貌不与脚比伦。

一双未裹百世丑，家有娥女难随君。

2002 年 3 月 10 日

# 银杏林

银杏叠翠千古梦，远客澄怀触帘醒。

生怕走出树林外，无处吟诗叙别情。

昨日山下送泉水，今朝新寺煮茶茗。

坐看烟云穿廊去，留作风雨数百龄。

2002 年 5 月 16 日

# 桃花行

桃花岛内桃花行，桃花桥上桃花情。

桃花情忘桃花梦，桃花梦醒桃花红。

桃花红遍桃花景，桃花景区桃花庆。

桃花庆终桃花英，桃花英落桃花坪。

2003 年 3 月 25 日

# 桃花闹

桃花岛内桃花桥，桃花桥上寒风绕。

寒风绕尽春风闹，春风闹来桃花俏。

2004 年 3 月 18 日

# 竹笋泪

谁家少小无教养，乱折竹笋弃路旁。

都知竹有报母恩，才露尖芽方见长。

一年刚有出头日，未曾叶翠糟蹋光。

大人不顾童幼事，忙碌旷为老心伤。

2004 年 5 月 28 日

# 紫　萝

谁家紫罗闹秋风，新蔓欲绕它日藤。

丹桂一片暗香晚，霜前别后无限情。

2005 年 7 月 10 日

# 无花果

飞绕清香果满枝，莫嫌丛林竞花时。

新蕊不求蜂蝶过，静待草堂甜有蜜。

2007 年 10 月 6 日

# 无名花

坐落树下好乘凉，百艳娇娆难见光。

去年砍伐大树倒，如今花开分外香。

2014 年 4 月 12 日

# 百日红

墙外百日红，折枝赏顽童。

逆风撒抛去，顿使游客惊。

聚集一团火，散去万盏灯。

人有群相至，物能类互凝。

2006 年 7 月 16 日

# 惜 柳

春来醒翠柳，冬去梅先知。

冷暖谁交替，难解其中意。

若不闻苍天，哪有狂风起。

2017 年 3 月 7 日

# 紫 藤

紫藤花开悄无声，燕歌扰醒陈梁梦。

我有小园门不开，逐香斗艳惹春风。

2018 年 4 月 20 日

# 菜 花

小路无人漫草荒，欲看景色暗来香。

有心栽花花不开，无意种菜菜花黄。

2018 年 5 月 1 日

# 仙 桃

清风微挪树身动，胭脂一点桃尖红。

君到此处欲甜口，飞鸟啼鸣绕山中。

2018 年 6 月 17 日

## 紫 薇

秋意欲来花枝动，正是紫薇风外情。
要不昨夜雨打叶，哪有时光又一景。

2018 年 9 月 10 日

## 仙桃红

清风微挪树身动，胭脂一点桃尖红。
君到此处欲甜口，飞鸟啼鸣绕山中。

2018 年 6 月 17 日

## 恋枝花

冬卷枯叶去，春来花不醒。
风推挪微步，低头为谁情。

2019 年 2 月 7 日

## 柳 帘

春柔枝条垂河边，佳人欲抚翠柳帘。
碧水直把娬女醉，几欲卸妆半掩面。

2019 年 4 月 10 日

## 絮满天

身在野外不为园，无风送春花自艳。
莫道小草荒地生，蓓蕾绽时絮满天。

2019 年 5 月 12 日

## 怜 竹

秋风劲吹竹欲折，痴心依旧情未绝。
又是寒门窗前雨，岂止良君几冷热。

2019 年 11 月 27 日

## 小竹林

竹林黄叶少，青翠留候鸟。

我约君不来，谁在丛中笑。

欲寻觅踪去，景深无处找。

2019 年 12 月 5 日

## 柳声怨

杨絮飞绕飘满天，曾恨柳绒银丝乱。

今日脚踏杨柳地，方知当初步不前。

2020 年 5 月 20

## 秋　桂

初近游园似有仙，香袭层林非红艳。

原来不止春染香，错怪金秋春来晚。

2020 年 9 月 19 日

## 双头苏铁

初夏苏铁露芽新，双头并进丛林森。

身在小盆心不变，惜看春过直到今。

2021 年 5 月 25 日

## 花亦缘

映水莲花芳溢馨，不惹蜂蝶强过门。

临事坐怀香无缘，撩拨塘前吟诗人。

2021 年 8 月 26 日

## 香樟树

有心养鸟鸟不叫，无意喂鸟鸟成歌。

窗外一棵香樟树，静立院中享其乐。

2020 年 11 月 11 日

## 枯枝春

时光无情老，疾风吹又少。
不求春给美，胜过春时俏。

2021 年 5 月 2 日

## 翠　竹

小院翠竹青，枝梢入云层。
身居闹区地，为我伴此生。

2022 年 2 月 5 日

## 黄昏时

狂蝉乱歌何时休，小山深处有人愁。
群鸟归栖天将暮，啼血杜鹃在树头。

2004 年 6 月 8 日

# 夏　蝉

很久以前

人们就崇你为神

因为你能死而复生

脱壳换身

你不如"纺织娘"那么貌美

你却如阔太太那样披金挂银

你是从黑暗到光明

从爬虫到飞"禽"

你虽长时默默不语

谁曾想到你却一鸣惊人

螳螂虽时时在打你的坏主意

它哪里知道

黄雀早在她身后紧跟

你就大胆地放声歌唱吧

这十六年才转来的悠闲光阴

2005 年 7 月 8 日

## 思　唤

鸟登高枝鹅浮汪，相居其所各自赏。

别思它处无限好，冬去春来共风光。

1981 年 2 月 16 日

## 刺绣情

细长线儿金不换，送给良朋家里看。

千丝万缕聚一起，绣成几朵红牡丹。

1981 年 1 月 18 日

## 忆雨伞

往日曾作半相邻，谁知此行感人心。

后日重忆把伞时，仍返少年谢良君。

1982 年 3 月 18 日

# 池塘水影

独立池塘静观花，巧借寒宫度年华。

嫦娥悄伴彩虹去，银河尽头有人家。

一片痴心空对月，万点蜻蜓哑情娃。

原本与君同逐梦，飘落江湖共天涯。

2005 年 7 月 16 日

# 忘彩球

风吹彩球荡，楼上轻歌声。

仿佛入沉梦，相击欲唤醒。

2005 年 8 月 16 日

# 中央佳地

白日高楼大厦，夜来辉煌灯塔。

远看新城一座，近看美景如画。

闹区最佳选择，院里翠竹拌花。

居住高枕无忧，环境非常优雅。

2012 年 2 月 26 日

# 轻 舟

独乘瓢舟荡清波，满腹话语与谁说。
不知对岸树下人，登船能否掌稳舵。

2012 年 4 月 10 日

# 母亲节

难忘的时节，温暖的怀抱。
养育千日苦，来往送学校。
大爱无时限，母老福寿高。

2012 年 5 月 8 日

# 岸边人

他乡远游不思归，但恨当时未相随。
久待岸边没船影，何日湖上风起桅。
稚心家中门落锁，又恐意主突然回。
迫得情思绪成缕，耳畔突闻鸿雁飞。

2012 年 10 月 6 日

## 水下影

暮色此处游，看似两相愁。

明知岸有景，水下有排楼。

2019 年 8 月 20 日

## 山　云

雨后巅峰似有神，轻雾缭绕山起云。

昨日怨君迟不到，岂知却又怕君临。

2020 年 7 月 12 日

## 四季临

年年都有四季临，难闲世间忙碌人。

听罢春风迎夏雨，落尽秋霜雪临门。

1990 年 6 月 26 日

# 望　春

哪来的一股嗅人的芳香

哪来的映目万道霞光

是宝石琦瑛朝晖

是秋桂摇枝怒放

因为春天来了

才是草绿花芬芳

1981 年 3 月 20 日

# 惜　春

暮色春风草正萌，夜晚落霜亦伤青。

晓月欲穿云层雾，残辉才露又掩明。

初到小园满目新，树下无不见风景。

头顶飞过几只鸟，竹林深处有人行。

1989 年 3 月 4 日

# 春　光

春来春去悄无声，花开花落几重景。

今至南园不逢客，独踏山下遍地青。

2016 年 3 月 14 日

# 探　春

春日到来忙观花，杨柳飞絮染头发。

彩云奔过门前去，回头笑我不笑他。

去年舞蝶今不见，藏入丛林南山洼。

几只野蜂不识客，成群结队绕树下。

2000 年 3 月 26 日

# 遇　春

仰望枝头红，暗恨昨夜风。

春来友不至，更伤别离情。

家犬逢人吠，巢鸡方史鸣。

回首香闺内，依然悄无声。

2002 年 2 月 3 日

# 仙　桃

暮临小河天外天，误入园林桃正甜。

不闻黄鹂几声啼，还疑时令三月三。

2020 年 6 月 2 日

# 春时节

杨花欲坠菜花黄，冬风无力春风狂。

绿染萌芽初醒梦，蓓蕾欲绽少许香。

田里耕作哼小曲，路上行人才见忙。

期盼秋后好收成，家囤旧米有余粮。

2004 年 3 月 16 日

# 春　怨

乍起春风芽柳小，乱槐树下梅香老。

远客前来多贪目，悄藏芳心伴野草。

去年误打花枝鸟，初绽蓓蕾几见少。

不知那人神坛处，如今还是怨无了。

2016 年 3 月 10 日

诗

文

# 三月春风

三月春风逗红艳，杆枝将醒芽欲悬。

误惹狂人几拨来，唯恐踏青独无伴。

2021 年 3 月 13 日

# 春 景

### 其一

春回大地百草青，小河两岸更美景。

风吹游人过桥去，留下水上漂倩影。

### 其二

冬离华夏垂柳青，喜看湖水留倩影。

别惹春风逗来客，漫步桥上难忘情。

2017 年 4 月 16 日

## 春满门

旭日东升春满门，初探园翁醉花吟。

舞蝶随风逐香去，正是翠叶未染尘。

2022 年 5 月 2 日

## 夜 雨

昨夜一阵雨，今晨雷声急。

谁打三春花，残红落满地。

几来小旋风，狂卷枯叶起。

路边有笑客，绕声惊鸟啼。

2013 年 4 月 23 日

## 暮 色

日去月照风行高，广场树头迎归鸟。

不知林下谁伴竹，暮色苍凉薄雾绕。

2014 年 10 月 25 日

# 秋 色

城外秋桂暗来香，清风漫袭游人狂。

我若林下常留客，不知谁设木栏墙。

2018 年 9 月 23 日

# 连夜雪

昨晚连夜雪，今看松白衣。

家禽膝已饱，冬鸟飞鸣啼。

我舍路边谷，野灵相争急。

不厌劳辛苦，更应惜仓米。

2015 年 12 月 9 日

# 夜 梦

良宵一梦破重帏，冲破夜幕更向谁。

举目仰视群星乱，晓月逐云舞不归。

雄鸡高唱五更去，拂晓东方速盼回。

但愿南舸永不醒，寒宫槐下高擎杯。

1982 年 1 月 7 日

## 初 梦

夜追千里梦，觅寻少年回。

我若问明月，那时可否归？

1980 年 1 月 1 日


## 光啊光

光啊光 / 无限长

古今谁曾量

我们年轻一代人 / 正在挥舞尺和丈

你是通向月宫的道

你是通向九天的航

请你打开禁锢的门 / 乘坐飞船随意来往

1974 年 12 月 19 日


## 终将悟

好话听够别进心，远离是非他家门。

曾受买糖君子哄，到今不信口甜人。

1980 年 2 月 8 日

# 春 悟

落英缤纷风来远，晓春已过家门前。

不怨芸薹花蕊怒，红杏才谢青叶晚。

2015 年 3 月 31 日


# 悟 杏

青杏酸口黄时甜，青不相识黄无缘。

栽树方有林荫处，烈日当空炎热远。

我从林下几经过，未曾伸手先投眼。

神人都说春景好，平日多植花果园。

2017 年 5 月 11 日


# 悟到今

道听途说莫当真，一句禅语悟到今。

清醒才把是非辨，永世不信话梦人。

2015 年 12 月 8 日

# 醒　梦

不知是谁

在我的面前罩了一层迷雾

使我久以沉浸在梦境小湖

有个陌生游者

闯到我的面前

劈头给了个冷水浴

我从梦幻里忽然醒来

才知道

慢行在遥远的路途

我鼓足勇气向起点追去

路还是这么弯曲

我走着走着

终于迎来一道光束

我揭去蒙在脸上的眼罩

我的眼睛顿时显得又那么光虚

我的心片刻叫时代吞没

苍天为爱情挥泪

友谊将恍然醒悟

前进进吧

耳畔鸣起交响曲

1977 年 6 月 26 日

# 佛 缘

人心尽时香难尽，一步一叩表寸心。

善结佛缘求福报，日去日来度光阴。

2019 年 10 月 5 日


# 笑 佛

笑佛欢喜群童闹，百子祝寿时运好。

本来都是书中物，尊与景区永不老。

2020 年 10 月 9 日


# 寻 缘

故都古城遇其真，佛渡行善有缘人。

不知香龛落何处，待设神坛供圣尊。

2021 年 4 月 5 日

# 深　悟

头脑昏昏视觉乱

狂风飓雨难驱散

真诚的朋友说句话

幼稚的心灵如胶片

如果一时感了光

它将永远都不会复原

别在结交那些朋友了

他们总会给你带来不少麻烦

因此你要冲入冰冷的大海

迎接黑夜中的雷鸣闪电

这样才能使你彻底醒悟

焕发革命的乐观

在需要时挺身而出

任凭千阻万难

你要投入新的境界之中

在大风大浪里锻炼

这样你的头脑才会清醒

不然你将永远埋怨

　　　　　1977 年 11 月 10 日

## 病痊愈

去年今日病临棺，几次抢救惊无险。

时过三日又发作，求医千里驱疾患。

看得仪器无指数，名医专家手脚乱。

心理门诊遇华佗，大难不死胜神仙。

2021 年 9 月 26 日


## 四季分

初沾盛夏还惜春，多少文人追到今。

一片光景留不住，任由逢年四季分。

2022 年 5 月 6 日


## 冬　春

霜染水杉红如霞，秋风落叶似飞花。

何愁远客迟不来，满目春晖看树下。

2022 年 11 月 29 日

# 午 宴

丰盛菜肴见酒香，举杯看透去时光。

老友新楼几约迟，怨我脚步漫亭廊。

不知席间谁闻曲，伴酒热泪望高堂。

还是前年拍影视，情节依旧银幕上。

2023 年 3 月 19 且

注：老友张秀之约蔡明坡、孙伟楼等置酒一聚，我们虽是身居一市区，却是干几年未曾见面，旧友重逢，话语连篇，不尽乐乎席间播放了我摄制的微电影《俺娘的那双手》片花主题歌时。令我们无不落杯拭泪……

# 春 暮

红霞春暮，乱云渐淡，城彻显现。

幢楼彩壁街影处，漫步短袖长衫。

路边垂柳，风摆摇曳，推出又来看。

虚景远去，天际兰俏一片。

不知几时来客，举杯相邀，酒醉轻歌夜伴。

依然梦幻度少年，又是嬉逗狂欢。

宿醒眼乱，未觉身老，写就长诗篇。

留作世人，回岸找寻那船。

2023 年 2 月 28 日

# 自 然 之 歌

## 碧蓝天空

碧空苍穹日高悬，彩霞飞进白云端。

千层万缕无痕过，终究全是一片蓝。

1972 年 8 月 1 日

## 冰 雨

冬雨树上挂冰凌，寒风吹来折枝声。

漫地盖雪无行路，崎岖坎坷一斩平。

1971 年 12 月 7 日

## 彩 虹

阴雨初晴白云天，彩虹斜挂南山前。

湖上更有一番景，小河清澈碧水浅。

1976 年 5 月 2 日

## 雪　日

寒风送雪飞

纷飞漫九霄

疑是天河落银花

霎时遍地皎

梅花一枝怒

翠枝齐争俏

白洋界上多恋我

诗人拍手笑

1976 年 2 月 4 日

## 春　雪

朝看白絮飘满天，暮色悄临傍晚寒。

冷云飘悬空对月，遍地瑞雪兆丰年。

征鸿飞鸣徘天迟，银白路途不敢前。

茫茫山峦无青翠，春风吹近柳枝软。

1972 年 12 月 22 日

## 漫卷雪

树林枝头漫卷雪，碧空高望云逐月。

山风吹地无行道，倾听乱石唱山歌。

身临其境谁描绘，自有满腹文词多。

我欲转身回家去，美景却又强留客。

1981 年 2 月 20 日

## 冬枝雪

雪枝美如画，风吹更惊讶。

不到近林处，哪见落银花。

要赏迷人景，还看南山下。

2018 年 1 月 5 日

## 林　雪

雪临寒园青叶黄，此处一派好风光。

文人不写诗句美，早有仙境出华章。

2018 年 12 月 25 日

# 冬 雪

我翻山越岭从远方来

一路上旋风为我扫障碍

小河纷纷架起桥

土地公公乐开怀

谁说我是万物敌

谁说世上我最坏

请看仙女撒下朵朵小白花

请听征鸿高歌多欢快

我的性格同春妹妹一样直爽

我的脾气不向秋嫂那么怪

我的心境胜过夏母那样温暖

我的思维如顽童那么乖

妹妹说是花鸟组成

母亲说故土全被青纱盖

嫂嫂说故土是金子铸成的

这叫我百思不得其解

于是我来了

原来故土全是银白的世界

1974 年 11 月 28

## 雪 缘

飞雪戏雨从天扬，填词作赋诗成行。

红枫叶上几朵白，染遍公园脚步长。

2015 年 11 月 24 日

## 咏 春

春日到来好风光，此时哪有花不放。

唯有寒梅不争春，却又春后暗来香。

1976 年 3 月 5 日

## 回 春

春回大地微风暖，枯木返青萌芽尖。

千家万户门窗开，陈梁绕歌南来燕。

1976 年 3 月 6 日

# 伤 春

无限春光添芳彩，风不催藤花自开。

谁知寒梅摇枝怒，招惹上苍雪飞来。

1976 年 4 月 7 日

# 春 乐

春天即时到，百花齐争俏。

风吹柔媚曲，唤醒冬眠草。

群鸟投林中，衔柴巢枝高。

云雀悬高翅，画眉婉声娇。

1979 年 3 月 26 日

# 晓 春

晓春到来才出游，清风细吹醒垂柳。

湖中岛上几棵树，引来白鹭落枝头。

1979 年 4 月 19 日

# 初春花

风吹枝花叶后藏，半面遮掩又朝阳。

不是香蕊怕见日，唯恐新叶初见霜。

别看独占芳草地，从来不惹蜂蝶狂。

春游谁愿别离去，道尽人远回头望。

2014 年 3 月 28 日

# 枯枝春

杆枝无情老，疾风吹又少。

不求隆冬美，但求春时俏。

2018 年 12 月 3 日

# 春时俏

初见榔榆枝满荚，误以绣球乱打花。

身居静处春不忘，一夜东风绿染芽。

2020 年 4 月 1 日

## 攃 春

道旁翠柳枝叶新，鸟语花香醉闻音。

出游携夏攃春来，无限风光留到今。

2022 年 5 月 19 日

## 初 夏

夏至时节艳阳天，微送一阵清风暖。

树下话语几欲笑，枝头小鸟啼声连。

芒种到来人无闲，共洒汗水去浇田。

欢欣自有成果出，秋后喜看丰收年。

1982 年 6 月 8 日

## 水 城

乌云满天雷公怒，一夜旱城变水城。

车为小船路为河，风歌雨行亦美景。

2020 年 7 月 12 日

## 夏日游

相约不来迟，早到花园门。

景点分别时，谁愿转其身。

闻听言不明，语尽难知心。

炎热奔遥途，喜鹊传佳音。

欲问君何意，谊情似海深。

1981 年 6 月 27 日

## 晚　月

清风秋桂迎面香，晓月逐云洒银光。

都说此时无限好，留得游人忘回乡。

2017 年 9 月 28 日

## 初　秋

道旁一片秋景好，田里庄稼枝头俏。

傍晚却忘夜将至，狂蝉又添歌声绕。

2019 年 8 月 9 日

## 秋色晚景

漫步悬桥过小河，湖风轻卷看秋波。

船人撒下银丝网，收起才知鱼虾多。

暮色苍茫渐近晚，飞鸿岸上几起落。

远望炊烟好美景，哪有心思作离别。

1976 年 11 月 23 日

## 秋时节

暮行城外看荒郊，地边道旁漫野草。

未见玉米举红缨，芝麻开花逐节高。

1977 年 10 月

## 秋　暮

田园梨下秋染香，谁栽野桂伴残阳。

青叶欲随淡云去，湖风几许送清凉。

留得美景好来客，莫需东西翘首望。

山坡无闻不嫌晚，享尽暮色无限光。

2001 年 11 月 10 日

诗

文

# 寒　冬

碧空天上行彩云，显露骄阳又有阴。

哪知秋后严霜到，万木初染白如银。

1982 年 11 月 9 日

# 冬　景

冬近秋霜远，叶去鹊巢寒。

风卷白云俏，红果枝头满。

闲塘望垂钓，浮动忙收杆。

多有岸边人，起身别又返。

2005 年 12 月 3 日

# 杨　柳

春风杨柳枝条新，鸟歌高唱景最美。

道旁野花欲绽放，早已逗笑路行人。

1972 年 3 月 25 日

# 槐花时节

月下散步麦田中，槐花香时情更浓。
孕麦带有丰收意，动人时节瞧芙蓉。

1978 年 4 月 26 日

# 石榴花

炎炎夏日 / 百花齐俏

同株异枝有分淆

树下果实累累 / 树上花正俏

告诫赏春者

别急躁 / 时未到

明年此日花开早

1978 年 7 月 7 日

# 野外花

无名小草远离园，遗忘春风花逗艳。
不妒盆中育奇葩，自有雨露一片天。

1988 年 8 月 9 日

诗

文

# 冬 梅

偶见一株梅，悄然独自开。

不贪小院暖，偏枝探墙外。

寒风几经过，暗送馥香来。

时有飞雪闹，迎春更风采。

1983 年 2 月 9 日

# 蕉 叶

雨后蕉叶新，花时似有神。

风舞怀旧乐，轻歌醉抱琴。

身居黄土地，一点不染尘。

初夏明月夜，鹃声处处亲。

1999 年 6 月 6 日

# 路边花

山路景坛四季春，胭脂未描花自新。

常在路边为异客，清风晚月伴其身。

2000 年 7 月 20 日

# 夏 苗

夏风尽吹禾苗旺，才锄杂草初见行。

玉米争齐举红缨，惊恐野兔误入网。

漫步田野回头看，遍地都是好景象。

期盼庄稼有收成，秋后稻谷囤满仓。

2000 年 8 月 9 日

# 风飘荷香

翠荷碧水看塘新，风吹莲叶如仙临。

清香移飘十里路，不到河畔醉行人。

2002 年 6 月 8 日

# 石 榴

一树石榴一树歌，一树更比一树多。

笑口常开全无忧，丰收满园钱满垛。

2015 年 8 月 9 日

# 秋 苇

晚霞天边夕阳红，秋风芦苇惹顽童。

欲近丛下折花去，沙沟湖畔更美景。

2015 年 10 月 1 日

# 绣球花

绣球艳媚入图雅，嬉风浪漫过春夏。

不嫌寒霜迟来晚，秋后枯叶又见花。

2015 年 10 月 16 日

# 咏 兰

兰草欲醒惊蛰蛙，恋歌唱尽乱天涯。

世人却忘春来早，馨风十里醉万家。

2017 年 5 月 11 日

## 风　荷

小荷碧水满塘翠，风摆莲叶更看美。

不到岸边清香远，陌路看客难相为。

2017 年 5 月 30 日

## 芝麻花开

暮行城外看荒郊，地边道旁漫野草。

未见高粱红穗低，芝麻开花逐节高。

2018 年 9 月 11 日

## 牡　丹

卉园春早，国花斗艳。

天香醉人，逼我近前。

轻手欲折，身旁有伴。

2019 年 3 月 3 日

# 红　果

雨来一阵风，惹怒枝梢红。

雾洒无白地，秋来满树景。

2019 年 8 月 27 日

# 野　花

山林多美景，无意野花开。

不求蜂蝶到，偏有新客来。

2019 年 10 月 13 日

# 木梨香

木梨满枝秋来香，收获时节初见黄。

未见主人出园去，独览景色度重阳。

2019 年 10 月 21 日

# 桃　花

春风桃花美，风动鸟声脆
此处不见君，无心笑颜回

2020 年 3 月 18 日

# 月季园

人的天地，花的海洋。
风的气息，春的芬芳。
长年观景，四季有望。

2020 年 6 月 15 日

# 俏　韵

新区异风采，景深篱笆外。
春兰数朵花，出墙迎客来。
绝世显美色，不厌群芳矮。
顽童几践踏，依旧笑颜开。

2020 年 7 月 1 日

# 一枝花

篱笆墙外高一枝，正是烂漫花红时。

闻香哪有不醉客，蝉声争鸣如伴笛。

2020 年 8 月 18 日

# 枫 叶

春时不显俏，无怨高枝梢。

秋风偷袭来，红叶丛林笑。

2018 年 12 月 4 日

# 彼岸花

小园花枝叶无片，藏入丛林扮红艳。

不怕秋风连夜雨，景色独好别样看。

2020 年 9 月 28 日

# 秋 叶

秋风黄叶满地金，悄步林下歌不尽。

闲游冬林新城外，一枝寒梅清香新。

2020 年 9 月 2 日

# 胜 梅

粉面翘首金不换，敢于腊梅苦熬寒。

迎风傲骨探春早，初放淋雨花更艳。

2021 年 1 月 26 日

# 黄 瓜

地头蔓藤架上绕，随秧垂下黄瓜小。

伸手摘得满把嫩，青翠可口连声好。

2021 年 6 月 17 日

## 溢香远

垂柳软枝欲探莲，惊飞烟波浮水燕。

几声春歌留不住，满塘青翠溢香远。

2021 年 5 月 18 日

## 蟹爪兰

当初蟹爪兰，而今花色深。

不忘园丁苦，以春谢情恩。

2021 年 12 月 18 日

## 蛛网蝉

明知天有网 / 偏向空中飞

巧结银丝等君到

独尝夏蝉美

1999 年 8 月 5 日

# 燕子回来了

柳叶青 / 桃花红

燕子舞春风

南山青绿铺地锦 / 北山葱茏不老松

不老松 / 浓春情

我和盟友攀高峰 / 忽地一声炮音隆

峦岚惊起小娇鹰

小娇鹰 / 小娇鹰

逗得诗人笑破声

1979 年 4 月 28 日

# 夏　蛙

石砌小河自水清，坐落新区庭院中。

夏蛙欢聚疑为家，狂鸣一片雾绕风。

听客误以天将雨，谁知歌罢又几声。

但愿此时乐常在，人间无处不美景。

2005 年 7 月 27 日

# 鱼戏水

群鱼嬉水面，如临龙王殿。

一道好风景，乘波几来船。

听歌没有声，细看清水浅。

2000 年 8 月 3 日

# 蛙　歌

九曲小河朝西东，每逢夏至惹蛙鸣。

日随群舞轻歌起，夜伴睡客酣梦中。

老翁闲聊不起座，扰蝌戏水看顽童。

风生水起波逐浪，新城别致又一景。

2005 年 7 月 9 日

# 白　鹭

翠柳碧莲共风光，夏湖此时正渔忙。

几只白鹭贪美景，起翅徘徊护河塘。

船人今日不着意，明年游艇多摇桨。

展望无垠一片天，飞云旋雾朝水上。

2014 年 7 月 16 日

# 候　鸟

乍起秋风山色浅，枯叶飘落知严寒。

陈梁旧巢空无声，山乡候鸟飞行缓。

田地清凉霜一片，万木丛林不见鲜。

暮色苍茫伴晚月，天高云淡南飞雁。

2015 年 10 月 8 日


# 路边草

别惜路边草

名花知多少

春风满园嬉古道

那头景色俏

昨晚与君逛小桥

月色一派好

欲问此时谁伴娇

鹃声天际绕

2016 年 5 月 13 日

# 布谷鸟

暮色将临，布谷声声。

散步田野，如入梦境。

远风吹来，又是一景。

2018 年 5 月 7 日

# 秋　怨

垂柳初黄恼秋风，静立故道伴遗亭。

几只小鸟高枝上，欲飞又恐蝉声鸣。

夏日不舍美景去，树林老叶依然青。

严冬寒霜未来远，雾绕山云风雨声。

2019 年 10 月 7 日

# 蝉　鸣

金蝉声声鸣，暑热度度高。

乘凉树下坐，清风情绪好。

2021 年 7 月 6 日

# 微山湖

秋风气爽 / 碧涛浪滚

水鸟高翔惊渔人

飞舸如今

小湖万里 / 举目无尽

独有峻峰水间立

何人登临

1977 年 11 月 22 日


# 山涧小路

山涧幽静路不尽，走出那头茅草深。

谁居岭前神仙伴，对过酒家门外人。

春醒暖雾雨浇竹，秋唤寒风霜袭林。

闻声都说此处好，遍地藓苔道有荫。

2000 年 5 月 8 日

# 骆马湖

醉游骆马湖，快艇飞浪急。

不敢大声语，怕惊龙宫里。

风卷倦意去，又闻芦雀啼。

靠岸欲回家，窑湾古城里。

2004 年 9 月 10 日

# 碧霞宫

古寺重建功德高，留于子孙无限好。

碧霞宫内一支香，木鱼声中佛歌绕。

昔日荒险没人走，今驾飞骑路如桥。

到此有谁不燃烛，灵光辉煌映新庙。

2003 年 8 月 19 日

# 小湖新景

同乘划船小湖上，笑语逐波涟水长。

去夏独游撒一把，今收秋实好文章。

2005 年 10 月 17 日

## 水杉公园

新城公园美景点，远客前来不愿返。
喜看小桥游人多，相聚此处好过年。

2010 年 2 月 3 日

## 海　岸

风远浪息

潮退去

留下层层波迹

同游至

观涛遗

悄攀礁石令未迟

骄阳出

显涟漪

空展平静

万里无鸟啼

2003 年 11 月 28 日

# 古　城

台庄古城沿河建，美景辉煌水连天。

随想畅游莫离去，相与龙王不夜眠。

2012 年 10 月 8 日

# 峰　景

初夏骄阳分外暖，蘑菇山下手并肩。

美景深处疑为洲，池塘波起碧水甜。

老友远来款待客，逼我着意看清泉。

板凳久坐茶不冷，说透心里又一天。

2010 年 7 月 22 日

# 塔　景

秋风碧涛起雯烟，遥望尽头欲划船。

谁家少小过桥去，轻登宝塔入云天。

2015 年 10 月 20 日

# 昆明湖

柳岸轻风云雾少，昆明湖上船歌绕。

欢乘相依随波去，浪头不嫌龙宫小。

长廊早伴春亭在，诳惹游人几登桥。

万寿山巅佛塔高，巍峨屹立镇魔妖。

2015 年 8 月 3 日

# 小山林

轻风嬉卷群芳怒，静听鸟歌两三声。

闲来漫游小山下，满目野草伴黄萦。

2017 年 5 月 13 日

# 东湖景

黄鹂欲唤波浪起，几见龙鱼跳如戏。

身临岸边才知美，原来仙境东湖里。

2018 年 5 月 25 日

# 故宫城外

亭台楼阁高筑墙，城外围河异风光。

古人巧建显智慧，群英荟萃胜文章。

2018 年 1 月 19 日


# 白山泉

### 其一

白石山下玉泉涌，历代王朝为贡井。

不知此处几多仙，偷喝一口修炼成。


### 其二

盖世美泉，千年不息。

甘甜润颜，益智驱疾。


### 其三

千年汩汩流不断，盖世泱泱美名传。

益智长寿驱疾病，饮片炮制才思源。

2018 年 11 月 19 日

## 风景独好

采砂船上桅杆高，远看悬丝吊浮桥。
云生黄雾飞来绕，这边风景独自好。

2019 年 7 月 4 日

## 奇　观

东边晴朗西雨紧，乌云突变天象新。
夏园池塘翠莲叶，半面阳光半面阴。

2019 年 10 月 5 日

## 观湖景

风起平湖逐浪高，飞荡彩船景色好。
欲邀京城去年客，岸边游人走上桥。

2020 年 7 月 10 日

# 草 坪

昨日倾盆雨，今晨天乍晴。

身临青草地，艳姿夺美景。

杨柳白絮飞，时有鸣黄莺。

君约我前来，山下悄步行。

2020 年 10 月 10 日

# 友谊千秋

友谊千秋永不变，应向松柏耐严寒。

每年四季异风光，翠枝长青色更艳。

1969 年 11 月 6 日

# 望君登山

望君登山攀高峰，崎岖不达难观景。

喜看粉蝶艳花间，好手无闲扑蜻蜓。

曲流直下渐飞花，野鸭逐波潜水中。

夕阳已过天将晚，晓月高悬银河星。

1973 年 3 月 8 日

# 赏桂花

暮色独赏桂花荣，秋风阵阵卷香浓。

赏春哪比此时好，皎月嫦娥绣太空。

1973 年 8 月 29 日

# 麦　收

红旗田里飘，遍地凯歌嘹。

社员齐上阵，收麦争分秒。

1977 年 6 月 5 日

# 秋　游

秋风吹尽红叶乱，蒙入层林千嶂险。

枝头笑看夕阳去，石灰山下恨霜晚。

2001 年 10 月 5 日

注：应申宝瑞之邀，作者一行有朱友明、焦传统、吴荣山、马志成、朱军彩等来到山西晋城石灰下，畅游秋景，即兴赋诗，以作留念。

## 身染香

春风十里任意狂，闯入花海身染香。

不知几时远客来，早有粉蝶沾枝上。

2001 年 4 月 14 日

## 游西湖

寒冬未到渐渐冷，西湖岸上阵阵风。

无情落叶逐波去，霜后莲藕不见青。

明年春迎盛夏雨，满塘荷花朝天灯。

不邀游人抢驾船，听取轻浪荡歌声。

2002 年 11 月 20 日

## 登峰顶

蘑菇山上神仙居，久欲未从今相与。

杜鹃声终蛙歌起，明年此处听风雨。

2006 年 6 月 16 日

# 遇仙翁

才修新路绕山顶，飞驾宝马赛雄鹰。

银河巧落巨石险，君到此处逼我惊。

欲盼余力换其位，天堑悬桥遇仙翁。

挥手乘云千巅过，极目望尽万重峰。

2006 年 11 月 19 日

注：应山东五征集团邀请，张秀之兄带领作者和朱君彩等一行，在集团工作人员的陪同下，游览了五莲山、九仙山等景区，过悬桥时偶遇一白发仙翁，并与此合影留念。

# 观　海

相约清闲大海边，看尽苍茫天地宽。

雾绕轻波鸥戏水，千载难逢此景观。

游人飞奔离岸去，快乘龙舟万里船。

一阵顶风击浪后，漫步逍遥金沙滩。

2009 年 11 月 21 日

# 观云峰

碧水池塘峰连天，雾绕翠柏冬云闲。

愿随同游险中去，石屋山下伴神仙。

2012 年 4 月 8 日

# 荷花行

盛夏出游天正晴，轻车熟路看美景。

园内一池彩莲开，无数好友接伴行。

不知是谁欲折花，怒惹群芳落蜻蜓。

难为小船收香满，微风轻浪水自清。

2010 年 7 月 11 日

# 登长城

头顶苍穹浩瀚星，脚踏祖国万里城。

欲描群山云点岭，夜俏京都遍霓虹。

依时应邀远道来，令我写诗叙言情。

笔墨未动几滴汗，语句着意逼人惊。

2010 年 8 月 13 日

# 捡石花

雨后小山景色新，千年野石花正春。
今与文友松林下，悄捡几片永为珍。

2017 年 1 月 27 日

# 游岠山

相约清闲游岠山，寻遍古城遗迹残。
仿佛又见汉时兵，喊杀声哑战旗乱。
当年群雄争霸主，如今不胜一缕烟。
新建关帝庙前鼎，来者少拜更无钱。

2012 年 3 月 8 日

# 楼台观景

独揽夏莲香染枝，青翠荷叶挤满池。
蛙歌传来乱人语，消闲楼上又鸟啼。
应邀茶社闻旧歌，轻添一曲显才艺。
更喜晚酒灯红时，老房客门将欲启。

2016 年 7 月 13 日

诗

文

# 看红叶

秋风揉尽霜叶红，难忘去年二月情。

北山一片乌桕树，俏枝如花乱几层。

2017 年 11 月 15 日

# 出　游

古城映日新，老少齐登临。

冬景美如画，携手共迎春。

偷闲难以见，匆刻值千金。

2019 年 1 月 3 日

# 问　酒

未见发酵处，无曲酒不真。

地窖藏陈酿，少见开坛饮。

远闻绿豆烧，老厂几更人。

无心看广告，不知谁家存。

2001 年 3 月 5 日

# 观冰凌

冰凌直下看奇观，谁洒蒙雾胜九天。

我有相机拍不得，早有顽童越东边。

2021 年 12 月 25 日

# 观瀑布

山高水来远，疑是天上泉。

欲近飞流下，独自不敢前。

若从好友至，景深永为仙。

光阴过隙去，须臾又一天。

2002 年 8 月 16 日

# 花丛中

当年少小花丛中，悄捏彩蝶嬉相逢。

如今林下又鸟语，才知身边好风景。

愿君与我同赏春，陶醉馨香入画情。

要不清风几吹来，身藏园内难离境。

2021 年 5 月 3 日

诗

文

# 垂柳醒

风吹睡柳刚欲醒，才见软枝萌芽青。

几只白鹭落枝头。正是小岛湖上景。

2022 年 3 月 11 日

# 温 馨 人 生

## 誓 言

甘当冰天一枝梅，不做温室一朵花。

无限忠于共产党，敢建全球幸福塔。

挺立轻舟穿重浪，五洲四海看中华。

全心全意为人民，快乐生长红旗下。

1967 年 1 月 9 日

## 话语如春

暗将春语记心怀，倘向人前莫乱开。

欲问何日相见时，燕子南去又归来。

1980 年 5 月 20 日

## 老年乐

儿孙满堂不服老，休闲运动田里草。

挥刀搂箍做游戏，手下败将看年少。

2018 年 9 月 12 日

# 母 爱

少儿患病十八年，卧床不起慈母伴。

求医路上不放弃，渴望天降华佗显。

妙施仙药孩儿愈，荡尽家产都情愿。

众心善行百神助，共握义手高声欢。

注：有感于"温暖中国人"王秀珍事迹，作者特为此拍部微电影《俺娘的那双手》，并为主题歌作词。

2007 年 3 月 27 日

# 女儿嫁

春暖花开时最佳，晴空万里映彩霞。

礼炮齐鸣香车去，睦邻欢送我女嫁。

倩影不见闺房空，期盼时常回娘家。

岁月无情人易老，父母鬓角添白发。

2012 年 4 月 28 日

# 忆父亲

父亲的肩膀

从来都没有离开过扁担

你那挑起的架筐

就是我们小时候的摇篮

你送走了寒冬

迎来了花开的春天

艰难地熬过盛夏

用喜悦看着秋收的田园

你脚下踩的是地

担起的却是沉重的山

年有四季分淆

你却从没有过清闲

含辛茹苦一生过

头发变白腰已弯

家依然还在

你却驾鹤西去不回还

2011 年 6 月 19 日

# 团　聚

灯光突闪 / 留下张张笑脸

两眉间

期盼明年的今晚

薄薄的相纸 / 早把幸福载满

一年一次团聚

不是酒浓菜鲜

难忘的亲情 / 世代永远

2013 年 2 月 19 日

# 新　年

羊年新春至，华夏共此时。

欢聚全家福，三代满堂喜。

当初奋斗苦，而今更争气。

各有事业为，宏图展旌旗。

2017 年 2 月 8 日

# 国 庆

康庄大道红旗展，国泰民安看今天。

幸福不忘初心人，牢记使命至永远。

2019 年 10 月 1 日

# 喜盈门

号角喧鼓多威风，迎娶车队伴人行。

爆竹声处轻歌起，素手相牵喜满厅。

多彩绚丽灯光新，步入辉煌分外景。

结得良缘礼台上，众亲好友看盛情。

2019 年 10 月 29 日

# 又一年

旧岁踏冰去，新年乘风来。

祥云留贵地，鸿运八方彩。

2020 年 1 月 25 日

# 双庆日

中秋佳节逢国庆，百年难遇一日同。

国泰民安众有福，旌旗招展向阳红。

2020 年 10 月 1 日

# 迎　接

圣诞之日添新丁，白衣天使喜相迎。

亲朋好友忙里外，待看我家育杰英。

2020 年 12 月 25 日

注：庚子年十一月十一日，宝宝（子粲）出生于新县医院妇产科午时，体重九斤二两。

# 乐不尽

当初意愿盼如今，太平盛世一代新。

善行天下好运来，满堂笑语乐不尽。

2021 年 8 月 20 日

## 子粲生日

灯火辉煌喜连天，子粲生日在今晚。
宴席丰盛齐祝贺，举杯畅饮齐碰盏。

2021 年 12 月 25 日

## 荡秋千

出游时至八月天，桂香飘进红叶园。
稳坐吊板起如飞，回荡山音笑声甜。

2022 年 9 月 10 日

## 乐　闲

数载春秋近暮年，煮茶会友从未闲。
打开电脑文字出，寻词觅句成诗篇。

2022 年 10 月 8 日

# 逗 趣

逗趣何须大舞台，广场闹市小路街。

祖孙情趣亲无间，捧腹大笑乐天外。

2022 年 11 月 19 日

# 诚 谢

连仕老师忙无闲，倾心为我看诗篇。

日尽执灯不作休，伏案连续数十天。

逐行觅字勘病句，版面调整不凌乱。

励经词汇成书后，留与世人少厌烦。

2022 年 9 月 24 日

# 心 境

天地五岭炼光华，四海浪角即为家。

常饮险处山泉水，乐待拙笔点梅花。

1978 年 1 月 22 日

# 那栋楼

### 其一

一楼高来一楼低，一楼明月一楼戏。

一楼机器隆隆响，一楼炊烟现楼梯。

### 其二

一楼低来一楼高，前门对着后窗笑。

逢日三餐同锅饮，夜来熟听步声娇。

1978 年 4 月 16 日

# 拥军路

几十年来拥军路，万里征程云和雾。

铸就一生爱兵情，坎坷屈行乐无苦。

夕阳山下不服老，国防建设又新途。

当初誓许英雄榜，而今奖旗悬无数。

2007 年 8 月 9 日

注：拜访全国拥军模范庄印芳有感。

# 堆雪马

当年飘落瑞雪时，堆积雪马嬉童骑。

我欲近前不敢惊，恐怕挥鞭倒院里。

1970 年 11 月 5 日

# 访云石兄

日随我意访友去，山乡土路直到家。

院内青翠几杆竹，坐落墙角显风雅。

前来未知曾可友，伸手相握已回答。

惜别村头小桥处，忽闻流水见天涯。

1978 年 6 月 30 日

# 赴 约

漆黑相与去他乡，不怕脚下跌千场。

别时无人尽笑语，优有笔歌出华章。

1977 年 6 月 17 日

## 游校感

闲暇应邀贵校中，学习气氛分外浓。
跨进大门一刹那，早有夹道喜相迎。

1978 年 7 月 27 日

## 登　峰

乱石巅峰见云塔，层林深处有奇葩。
今日直奔山峦去，步入仙境即为家。

1980 年 5 月 12 日

## 过　江

疾风逐浪舞金波，方知巨轮猛驶过。
马达鸣笛震双耳，胜过鼓手敲小罗。
牵帆推舟人欲醉，入梦时节幻情多。
年少难得多游路，老来好与相邻说。

1980 年 12 月 10 日

## 行　医

半掩院门清风起，正是当年行医时。

一根银针半棵草，乐于奉献驱顽疾。

救死扶伤为村民，墙壁辉煌悬锦旗。

乡下土方治大病，扬名传闻几十里。

1985 年 7 月 7 日

## 登　山

春风欲来寒风短，新年渐近旧年远。

传说佳节临高处，逢凶化吉胜神仙。

亲朋好友不相拜，早离家门忙登山。

脚下乱石藏身影，骄阳行云霞满天。

1987 年 2 月 18 日

## 留　影

那时山上留倩影，如今无处寻根源。

不知谁为我同俏，相机突闪一瞬间。

1987 年 4 月 7 日

# 读　书

道旁幽静悟朝天，背依行囊非圣贤。

欲从文里寻佳句，读书无处不神仙。

1998 年 2 月 20 日

# 迁新居

一楼高起超群房，时来运转无阻挡。

全靠双手勤有福，胜过虔心供佛香。

茅屋已去不复回，难见历来土坯墙。

说透心酸家务事，历尽艰辛永难忘。

1998 年 7 月 1 日

# 赋诗成书

轻作诗词数百首，未曾传出惊朋友。

留待美句书里藏，好作名篇留神州。

1999 年 11 月 19 日

## 遇蓑翁

新建古城游人多，唯有一位惊煞我。

几十年里未曾见，头戴斗笠身穿蓑。

欲问老翁何处来，导游小姐不解说。

纷致相与留倩影，相与世人今非昨。

2000 年 9 月 8 日


## 相恨晚

未曾相见曾相识，几经梦里泣别离。

昨日小亭相恨晚，电脑面前亦称奇。

少时狂写几句诗，博客尽头有知己。

我欲飞身回家去，怎奈强留下厨里。

2001 年 12 月 8 日


## 醉　酒

三九隆冬不畏寒，小店饮罢五更天。

杯倾酒尽话未了，共扯素手依墙眠。

2002 年 12 月 8 日

## 游古城

原疑台庄古城小，朝辞暮尽游未了。

老友相伴话当年，笙歌连天笛声绕。

夜郎逼我驿栈内，宴盛酒浓情更好。

醉乘寒风车载梦，马达叫醒路途遥。

2002 年 9 月 20 日

## 老亦情

古城初建人已老，不厌其烦爱无了。

翁欲游看新区景，相伴推车围城绕。

别嫌慢步占辅道，早有行人拍手好。

来回穿梭大宝马，手扶两轮未嫌小。

2003 年 2 月 19

注：新区门前，遇见老太手推三轮座老翁有感。

# 拜 年

手机短信来不停，又有电话拜年声。

去年好友喜讯多，相互问候显真情。

2005 年 2 月 19 日

# 看 画

独赴小席悄声怨，薄瓷透杯底半翻。

烂酒喝得糊涂处，非知醉翁谁在前。

从今看透人和事，风吹画纸卷一边。

斜位空对背将影，妙入企图又神仙。

2003 年 11 月 26 日

# 游石榴园

飞驾宝马快如风，良朋好友伴我行。

冬来枣庄峄城山，万亩石榴睡梦中。

偶见树上几只鸟，啼唤春雨枝头红。

游罢欲返强留客，江南渔村酒更浓。

2006 年 1 月 22 日

## 看电脑

须臾忙里巧偷闲，打开电脑百度间。

任它层文千翻苦，寻读我诗五更天。

觅字为作穿为句，博友几登逼成篇。

与君一席知圣贤，笔歌隽永谢词源。

2009 年 10 月 9 日

## 别亦难

徐州分别思万千，但恨光阴不复返。

几欲乘车回城去，与君相叙又一天。

2013 年 2 月 6 且

## 录王超和诗一首
## 无 题

彭城一叙两三天，举杯相邀意未眠。

博古通今尘埃事，汉源福地活神仙。

2013 年 2 月 9 日

诗

文

# 观菊展

卉海香浪欲乘船，菊花仙子扬起帆。

欲借秋风邀远客，留下美景艳阳天。

一年一次园艺会，多少工匠巧动剪。

如邀欣喜八方来，沙沟湖内看展览。

2015 年 9 月 27 日

# 乘南航

今乘南航览华夏，飞越银河到天涯。

喜看云海千重浪，漫空雪山起烟花。

未见牛郎耕作苦，织女早已不纺纱。

神仙更享人间福，正是寒宫现代化。

2014 年 9 月 18 日

# 赏芍药

春风吹尽四月八，正是得意芍药花。

欲乘叶舟芳海去，轻歌起舞唱中华。

2019 年 4 月 28 日

# 过海岛

应邀彩排急步行，错过厦门古浪亭。

久闻岛内多风雨，依旧船火彻夜明。

故人远去今不在，别来此处观美景。

坐骑速从飞江过，留下悬思入梦境。

2014 年 9 月 19 日

注：应厦门思明区宣传部特邀，作者同吴荣山带着摄制设备，随同耿焱教授、宋若铭先生，乘南航飞机飞抵如约地，进行"社会主义核心价值观"专题讲座。以上"乘南航""过海岛"一是乘飞机时而写，一是过鼓浪屿夜色江景所作。

# 遮阳伞

秋尽夏热不见寒，把举花布遮阳伞。

夫妻恩爱并肩行，齐眉如初情当年。

正是当今新楷模，文明家庭永为先。

携手致富高风尚，康庄大道快步前。

2014 年 10 月 2 日

注：作者与龙凤祥店主刘汉东夫妇同游邳州蘑菇峰，被他俩恩爱所感动而作。

## 重游金陵

风雨岁月近暮年，美景逼我写诗篇。

今逢吉日游旧地，梅香深处寻灵感。

林下捡起人留语，树梢飞鸟声如燕。

相聚好友情谊深，喜看冬云雾绕山。

2015 年 1 月 16 日

## 乐　春

独自花行独自春，独自春来独自门。

独自清风独自乐，独自花下独自馨。

2019 年 5 月 13 日

## 贺儒商

当代儒商十周年，五洲四海众人传。

孔圣思想冠全球，世界和谐永平安。

经典文化待弘扬，济世救民齐争先。

国学智慧明心灵，论语蕴博越时远。

2015 年 1 月 29 日

# 秋 菊

### 其一

一夜秋雨过重阳，枫叶红于菊色香。

多少园林留不住，身入寒门几换妆。

### 其二

一夜秋雨过重阳，又是枫叶嫁菊芳。

严冬欲来色不变，冷蕊寒心清淡香。

2015 年 10 月 4 日

# 观送锦旗有感

四十年前一声隆，结下感恩无限情。

今迎飞雪百里路，诚送锦旗谢英雄。

千言万语说不尽，薄酒温杯茶香浓。

王杰精神世代传，舍己救人学雷锋。

2015 年 11 月 24 日

注：42 年前邳州活"王杰"李彦清在培训民兵地雷实习中，不料地雷起爆，李彦清救下了女民兵胡秀玲，42 年后送锦旗感恩。

## 偷　闲

工作忙绿几十年，风去雨回忙偷闲。

清享退休离岗位，又聘人民陪审员。

公司业务还要做，影视项目剧相连。

爱心从来不落后，文明善行永直前。

2018 年 12 月 27 日

## 夜　车

老旧的绿皮车，在黑夜中前行。

快遗忘的感觉，顿时使我惊醒。

是岁月的流失，难忘这份心情。

看似同一轨道，不见高铁身影。

2019 年 6 月 15 日

## 路　途

路漫漫，铁轨长。

思索万千事，无处不故乡。

2019 年 6 月 19 日

# 父亲节

幼伴父身旁，大来远他乡。

有恩不言谢，情重在心上。

慈母出娇子，父严著华章。

节日迎门外，更时两相望。

2011 年 6 月 19 日

# 观竹影

风起暗影动，疑似有人来。

虚晃难为目，乱我数青苔。

2019 年 10 月 7 日

# 迎新年

年节将欲临，楹联献辞新。

传统意识浓，华夏喜迎春。

千家福字红，万户见精神。

守岁熬深夜，爆竹花如银。

2020 年 1 月 23 日

# 暮 访

京都名宅区，山水文园美。

路遥不嫌远，拜访几登门。

喜闻天籁曲，清唱无伴琴。

高尊年已老，不若当年神。

2019 年 11 月 2 日

注：作者同潘红女士，登门拜访著名演员王璐瑶，她的母亲路瑰迎亦是国家一级歌唱家，为欢迎我们的到来，她即席高歌一曲，特为感动而赋。

# 挽春红

莺啼燕舞闹长空，斜阳照我挽春红。

此时赋诗情不乱，挥笔潇洒耕耘中。

2020 年 5 月 3 日

# 入诗文

风吹落花梦牵魂，悄捡几片入诗文。

闲情雅趣耕耘乐，逍遥惜看不负春。

2020 年 5 月 4 日

# 摘杏子

花开时节未曾面，布谷一声悄来园。

摘得丰枝黄金挂，杏子入手满口甜。

2020 年 5 月 26 日

# 相　逢

光阴如梭谈笑间，转脸已过四十年。

当初画虎中堂上，雕梁筑巢惊飞燕。

昨日才约今相逢，仍挥轻笔点河山。

难忘时代一段情，又举玉壶话九天。

2020 年 8 月 28 日

# 聚　会

同学聚会新年初，多少时光音全无。

今日畅饮老常客，方知当下各自福。

2022 年 1 月 2 日

# 领　奖

文明邳州好人多，道德典范争先做。

表彰大会今天开，台上领奖也有我。

2022 年 1 月 28 日

# 山乡杏林

夏风十里望山乡，青松岭畔杏林黄。

花开当初我未来，哪有心思枝头上。

2023 年 5 月 27 日

# 研讨会

精神抖擞轻歌起，酒吧辉煌京城里。

导演举杯我说戏，宏光娇娆风撩衣。

2023 年 5 月 30 日

# 邻 居

邻居同是一个天

我在山北 / 你在山南

两家烧锅一缕烟

太阳出来照两家 / 月亮西去两家暗

天上下雨不留边

你家打雷 / 我家打闪

一个火炉两家暖

你添一勺油 / 我放一把盐

你家没肉我家馋

1973 年 3 月 10 日

# 青年人

稻谷黄似金 / 棉花白如银

高天笑出星和月 / 田头走出年轻人

小伙子哼着甜蜜歌

小姑娘早把音来趁

你来我家喝杯茶 / 我到你家是贵人

1974 年 3 月 6 日

诗

文

八月十五月正圆

## 哥嫂淘米

人呦呦

鸟嘤嘤

井台一盆水清清

嫂嫂撒下一把米

颗颗变成晨星星

哥哥赶忙来打捞

笊篱底下歌声声

歌声声

水沤沤

双手淘去忧愁的梦

鸡争鸣

马欢腾

彩虹钻进草棚棚

1974 年 5 月 19 日

## 雾中舞

深秋晨练多有雾，落叶树林聚集处。

远闻轻歌慢行步，原来市民跳新舞。

204 年 10 月 26 日

## 赤脚医生

赤脚医生到田间，亦工亦农好社员。

小草银针治大病，妙手回春人称赞。

白天地里勤劳动，夜里诊所细钻研。

一颗红心永向党，暗做英雄勇争先。

1975 年 7 月 6 日

## 丰　收

太阳放光辉，棉花朵朵白。

家存万担粮，遍地牛羊肥。

1976 年 10 月 8 日

## 晚　宴

朋友远方才聚来，晓月偷探房门开。

邻鸡争鸣午更过，满堂笑语传窗外。

轻举玉杯谁同醉，共得佳肴尝香菜。

欢度不顾陈酒薄，明年此日对拳猜。

1976 年 12 月 25 日

诗

文

# 年 景

峣峣村上起白烟，已知眼下又丰年。

幸福全靠一双手，家家扶归醉人还。

1977 年 2 月 9 日

# 月 韵

飞雪迎梅开，月明诗韵来。

天高行云淡。碧空雁徘徊。

1978 年元月 16 日

# 会知音

春风劲吹会知音，花香鸟语处处亲。

野外空旷小天地，羊肠土路景色深。

去年山下会远客，丛林那头又见君。

还是彼此情意好，无需高堂找媒人。

万事终究皆有缘，笑看天边那片云。

1977 年 5 月 12 日

## 与好友

千里相遇情不畏，乐我峥嵘稚年岁。

三餐共饮清凉茶，夜来同听北风微。

一言如令后日见，未别先挥人间泪。

待福苍发忆难时，身离贵处恋心归。

1978 年 1 月 30 日

## 爆竹声

唯独午夜重登山，爆竹声尽凯歌还。

热心熔化冰川水，借作春雨洒人间。

1983 年 2 月 8 日

## 藏宝者

天下集宝地，京城第一家。

相遇巧结缘，情谊步云塔。

2019 年 7 月 4 日

# 邻　居

兄妹同是一个天

我在山北

你在山南

两家烧锅一缕烟

太阳出来照两家

月亮落山两家暗

天上下雨不留边

你家打雷

我家打闪

一个火炉两家暖

你添一勺油

我放一把盐

你家没肉我家馋

1979 年 5 月 16 日

# 茶　艺

茶社聚集茶艺情，自有茶艺煮茶茗。

又是一群小高手，老手壶旁看年青。

2000 年 5 月 19

## 渔家乐

风卷晨雾河水浅，放行鸬鹚初上船。
湖鱼欲跳龙门去，误入故道酒家园。

2020 年 4 月 5 日

## 好朋友

三个好朋友，紧握温情手。
游尽天下景，同乘一叶舟。
不怕顶风雨，百折不回头。

2002 年 2 月 3 日

## 扫 雪

北风劲吹飘雪狂，志愿扫除人正忙。
天寒地冻马甲暖，道路平坦车成行。

2020 年 12 月 31 日

## 恋心归

千里相遇情不畏，乐我峥嵘稚年岁。

三餐共饮清凉茶，夜来同听北风微。

一言如令后日见，未别先挥人间泪。

待福仓发忆难时，身离贵处恋心归。

## 童 舞

星光舞姿美，花朵蓓蕾馨。

暑期群展艺，彩歌相伴亲。

师徒同台戏，声光更精神。

曲尽人不散，明年在登临。

2008 年 4 月 5 日

## 行 斋

山环古寺入沉梦，月照禅林风吹醒。

信众自有八方来，跪咏圣卷又虔诚。

过午炊烟农家起，全望囤满神龛空。

笑看行斋坐有礼，静听木鱼院绕声。

2013 年 7 月 15 日

## 文　友

千里诚相会，圣人面前影。

共谋传统事，付出无怨情。

握手心已至，永乘儒商风。

2013 年 9 月 25 日

## 晚又宴

陈酒未醒晚又宴，佳肴满桌令人馋。

笑语亦出齐筷动，举杯相碰点尽干。

莫道古城景色美，大战馆内人心寒。

今春艳阳无冷处，挥手致意看明年。

2015 年 5 月 24 日

## 人情醉

轻行金坛暮云归，远风静浪野鸭肥。

相聚湖上人尽语，夜客初醒辣酒醉。

偶闻船渡鸣笛声，芦雀灯火唱春苇。

不怨今宵店门晚，来年此处共举杯。

2015 年 4 月 22 日

诗

文

# 花 景

当年少小花丛中，悄捏彩蝶嬉相逢。

如今林下又鸟语，才知身置好风景。

2015 年 6 月 13 日

# 慈善群

邳州慈善群，踊跃献爱心。

社会责任重，惜幼敬老人。

王杰好榜样，危难见精神。

传递正能量，互助情意真。

2015 年 11 月 4 日

# 遛鸟者

遛鸟南山下，悠然见精神。

八旬不服老，竹篮满车身。

长年五更起，披月戴星辰。

从未说辛苦，乐闻莺啼音。

2018 年 11 月 19 日

## 乐　舞

结群舞轻蹈，曲尽情未了。

眼前一台戏，孩童肩上笑。

我欲扶伴去，从此无烦恼。

2019 年 2 月 17 日

## 启　动

影视项目启动了

演员知多少

广场上

人行道

应招前来凑热闹

别拥挤

听叫号

这边试镜独自好

名导演

今又俏

驰驱银幕留芳草

2021 年 5 月 2 日

注：作者为电视剧《大汉基业》启动仪式，特邀请著名导演、制片人刘大印助阵，并商讨有关事宜，合影时即兴赋此诗。

## 起 舞

不是芭蕾

胜似芭蕾

迎风起舞夺花魁

没饮酒

早已醉

眼前景象谁相随

看也醉

舞也醉

无形姿身旋又飞

2021 年 5 月 2 日

## 电 脑

智能电脑进万家，我敲键盘你作答。

曲指可知天下事，回手畅游到天涯。

红楼梦里设幻境，只为梦里能说话。

今握鼠标如神令，老人欢悦度年华。

2001 年 9 月 3 日

# 麦 季

杜鹃声中收麦忙，挥罢银镰抢打场。

逆风朝天扬一锨，怒惹飞云卷尘狂。

路人不知谁掩面，身后飘起花衣裳。

我欲远离绕道过，哪知那边无来往。

2012 年 6 月 26 日

# 秋风静

秋风静悄悄，山花几度美。

游人不知足，离去返又回。

野鸟痴我叫，好景谁作陪。

待到林荫处，自有锦衣随。

2017 年 10 月 22 日

# 山 楂

南坡脚下萧萧风，山楂树上点点红。

未见去年同摘果，依旧今日伴人行。

2018 年 10 月 14 日

# 山 杏

草屋门前脆瓜香，正是此时山杏黄。

杜鹃又唱去年歌，唤醒农户收麦忙。

家有田园几亩地，常挥手鞭赶牛羊。

风调雨顺不愁福，轻曲起舞上楼房。

2018 年 6 月 13 日


# 鸟 歌

广场君来早，林下闻啼鸟。

听尽野外歌，还是情无了。

去年那棵树，今晨没处找。

人间往事多，移远路途遥。

2019 年 11 月 30 日


# 杨花落

春风杨花落纷纷，喜鹊高唱韵最美。

松林深处无人走，我踏花行谁惜春。

1978 年 4 月 20 日

# 芸薹花

谁唤春风昨夜来，遍地芸薹别样开。

初醒小草含微笑，伴我踏青乐情怀。

1983 年 3 月 28 日

# 春　花

年年花开年年春，年年春天年年新。

年年花艳年年谢，年年总是年年人。

2006 年 3 月 30 日

# 蒺藜与牡丹

朝植蒺藜千层刺，暮栽牡丹万重花。

山有野石人为路，飘江帆船浪逸家。

巧手倾得三春晖，馨风艳雨走天涯。

安然熟睡云岭外，户不闭夜唱中华。

2008 年 4 月 27 日

# 紫藤花

春风紫藤四月天，令我陶醉诗成篇。

谁说好花如美酒，香馨逼近似有仙。

2015 年 4 月 17 日

# 槐花香

春风槐花怒，香飘山外远。

蜂蝶追香去，游人几回还。

我欲醉树下，分别又一天。

不知几时醒，口干饮清泉。

2018 年 4 月 29 日

# 芦苇花

湖畔芦花乘冬风，不思前缘近门庭。

深宅茶香必有客，寒树传来喜鹊鸣。

2018 年 12 月 30 日

# 草亦怜

青翠花草亦可怜，摆在阳台度冬天。
又是室内一道景，令我无时不观看。

2020 年 3 月 4 日

# 杆枝花

炎夏移远秋已深，老杆少枝花于春。
几从晨练慢走过，唯我消闲独有因。

2020 年 6 月 15 日

# 桂花落

## 其一

桂花香尽桂花落，桂花不知桂花多。
桂花秋风桂花银，桂花落地桂花雪。

2022 年 9 月 30 日

### 其二

桂花香尽桂花落，桂花秋风几时约。

我望秋风吹桂花，秋风桂花门前过。

2022 年 10 月 8 日

## 冬 雾

轻风不卷雾如海，秋尽湖上迎冬来。

一片美景漫天下，步入其途更精彩。

2022 年 11 月 10 日

## 书 屋

书山文海字行路，阅尽时光黄金屋。

人世沧桑皆有尽，风霜冷月伴辛苦。

2022 年 11 月 6 日

# 轻 吟 爱 情

## 那家人

初会良朋山下村，岭北路南那家人。

院落篱笆四面墙，柴扉斜立风吹门。

生来乍到不问寒，腼腆难表一片心。

分别方知见时短，深藏遗憾怨光阴。

1974 年 4 月 22 日

## 知君心

知君暗忧立窗前，无心高枕入梦园。

打开枕内三角纸，读我闲诗五更天。

1976 年 5 月 7 日

# 晚　会

春风已吹尽

门帘几摆摇

昏昏灯火出友谊

妙语畅更宵

我欲离贵处

一任怄情到

怡害潇洒谁赞悠

满天群星笑

1977 年 2 月 13 日

## 青春赞

我吃完晚饭，明月高悬于天，柳絮轻轻飘舞，春风微微吹门扇。蛙鹃歌不断，我凑合此时，撩拨钟山琴弦，琴弦突然断，待我忙去修接，窗外传来悄声唤。我慌忙开门，正是朋友窗外站。在我的召唤下，她迈开轻悄脚步，走进我的家院。此时一种幸福的火花，顿时洒满整个庭院。多年蕴藏在我们内心的秘密，就在这寂静的夜晚"露馅"。这是多么可贵的友谊，这是多么美丽的心愿。此时的友谊，比哪一时刻都深远。难以捉摸，不可思议的力量，使我们的友谊更近情愿。在此时，她流露出难以抑制的兴奋，使她羞红了脸。情欲的热流迫使着我们，一种生命般的热力，迫使着推杯换盏。在这个世界上，没有什么力量能使我们分离？这只有幸福无限。她又不自觉地摇头微笑。用那天真而活泼的双眼，毫不留情地逼视着我，又好像要看透我的心端。无形中她沉默地低下了头，流露出伟大而坦白的真诚，因为我们的友谊，是用生命般的青春，在火热的心胸内凝成。我们的友谊。定会永远。

1977 年 5 月 16 日

## 与君吟

时值初夏蝉声小。土路山下，丛林无声绕。
唯有这边独自好。欲听山歌寻啼鸟。
我盼良君别忘了。传递书信，试看谁来早。
自从毕业离学校。与君共吟几见少。

1977 年 7 月 23 日

## 送　君

独自送君小路边，我随身后君行前。
欲问久藏心内事，只闻脚步不闻言。

1977 年 11 月 23 日

诗

文

## 桥头会

遍地积雪白

征鸿凄声悲

相与好友桥头站

谁顾凉风吹

往日同窗坐

笑时藏悱绯

夜晚偶遇月朦胧

彼此无意归

1977 年 12 月 26 日

## 握　手

你含着姑娘般的害羞

握着我的手

我的手茧硬似山中的石头

仿佛你的心在狂跳

不然你的手为何发抖

不是我手上的老茧擦破你的掌面

不是我粗野的傻劲握痛你的手

请谅解吧我的朋友

这也许是几年没见面的缘故

1978 年 3 月 30 日

# 与友人

才几日未曾相见

怎么使人觉得那么长久

我怀着节日的喜悦

像送客人那样把你送走

我的心似海浪狂跳

我的眼泪像山泉一样喷流

是谁让我们

在勤学上那么亲近

又是谁让我们

在攀行中挂了钩

曾记否万籁寂寞畅更言

曾记否大雪飘舞携素手

我望你仍怀人间凌云志

你望我笔下点洒山河秀

用什么最好语言倾吐我的心

这只有仰面朝天

携手并肩向前走

1978 年 4 月 10 日

# 遇友偶感

在工作过的地方遇到了你

你那含泪的双眼

盯我不放

你那温暖的手

扯住我的衣

你似乎害怕

我会离开这可爱的迷人城

以后没人陪你观影和看戏

想当初在同地

相敬相助相学习

灯前对面吟诗

桌面对手是棋

嫣然一笑

我知意

你洒尽了多少汗水为我寻空隙

你用宝贵时间予我的诗谱曲辞

今日暂分别

后会定有期

我盼三载别返迟

我盼早日动身急

1978 年 8 月 20 日

# 巧 遇

两情无意巧相逢，不顾身在人海中。

话语出口暖人心，五更别后仔细评。

1979 年 2 月 22 日

# 君未到

我到君未到，君在何处笑？

笑也不知音，音在墙外绕。

1979 年 3 月 16 日

# 相 聚

一杯酒未尽，四邻早掩门。

悦耳琴音远，雄鸡又催寝。

他人寻思寡，我正有精神。

举手扣三指，话语表倾心。

有泪暗地洒，深巷独送君。

1979 年 5 月 22 日

# 初见君

春到人间菜花黄，相与萌友小堤上。

谁绕千丝如穿梭，几经催足铃声响。

轻风恼人牵衣袖，不为娇颜乐素妆。

娓娓寒暄红叶出，香车盛驾望新娘。

1981 年 6 月 28 日

# 观影感

银幕未开心先热，轻歌一曲眉不锁。

环子为何多丢泪，只因老母嫌山窝。

良君曾设这一课，令人百思嚼烂舌。

今日重观朝阳沟，山盟海誓难决绝。

1978 年 12 月 6 日

# 静 思

静思芙蓉迎面香，谁道馋口盼重阳。

眼下又是一年尽，娇媚仍锁春时光。

1979 年 9 月 17 日

# 相　遇

我走在歧路间与你相遇

仿佛几年前与你相识

过度的惆怅使我恍惚不安

这不是有意把你忘掉

你穿的还是那身朴素的衣服

你的个儿并不比以前高

你到底是谁我不认识你

你为何见我低头笑

忆当年我们同窗共坐

那时我们正在要好

速写时我的笔没了水

你毫不犹豫地打开笔帽

无情的光阴使你我分别

然而咱们相见时彼此的心仍似海浪狂跳

忆往昔使我知你是谁

因为你的婷姿依然娇娆

1981 年 6 月 28 日

## 柳下赏月

风奏柔媚曲

月洒水光银

蛙唱恋歌报春到

柳下不觉春

不怨速光阴

更无心不尽

只因三载同窗坐

谊情似海深

四野静无人

独有我与君

两行滚珠破笑容

雄鸡又催紧

1975 年 4 月 24 日

## 读　信

手捧君书灯前明，读尽信笺难了情。

欲往东邻问他人，早闻房外敲门声。

1981 年 7 月 7 日

# 可爱的小姑娘

美丽可爱的姑娘

我每晚都要经过你的门旁

你那悄无声息的寂静

总会伴随着微弱的灯光

你是谈古论今

还是闭目养神背靠床

路人纷云又疑

却不知你通宵笔歌出华章

人们可持有误会

甚至是诽谤

你依然那么自信坚强

从没因此而彷徨

在忙碌的日子里

总还得积极向上

仿佛你又回到童年的时代

实现天真而幼稚的幻想

这不是虚拟的奔波

其实就是不可改变的志向

1979 年 3 月 1 日

## 秋染香

月色朦胧秋染香，悄从娇艳褪红妆。

游者近得桂林处，着意折枝度重阳。

春花秋月能几何，难免圣贤古来狂。

今日与君小园内，轻身漫步任由往。

1979 年 10 月 10 日

## 你是谁

北风吹来鹅毛雪 / 南风吹来布谷鸟

晨风吹来蒙蒙雾 / 晚风吹来海中潮

你同雪那么洁白 / 你比杜鹃还俊俏

春来你如蝴蝶那么多舞

秋至你看燕子越山高

隆冬梅花向你笑 / 盛夏荷花为你娇

上苍为你布日月 / 大地为你育新苗

你生来风流多姿 / 你向来倍感自豪

1981 年 2 月 26 日

## 幸福的春天

温暖小山坡 / 伴随着春天

香馨油菜花 / 引来南飞燕

春天在这里呼唤 / 幸福在这里无限

忙碌的人们啊 / 却忘了春天的到来

路旁的小草啊 / 早张开了笑脸

快享受我们的感觉吧

野鸟在树上高歌正甜

1999 年 4 月 1 日

## 相　送

知音共语 / 令人荣幸

依恋难舍 / 谈笑风生

净抛旧友为新盟

忽闻急催行

不愿别 / 双眉惊

目含十里相送

黄昏时 / 视不清

唯有倾心盼五更

1981 年 8 月 28 日

# 难别离

千里巧遇亦有缘，并肩同步永往前。

三餐共饮清凉茶，空闲对窗读诗篇。

忧思常怕分别日，夜静槐下盼月圆。

拱手紧握香罗帕，不知何时热泪染。

1977 年 2 月 6 日

# 信 念

忽闻邮递敲门声，送来挂号信一封。

自从分别他乡去，光阴如梭未薄情。

多望念时吟小诗，莫向他人探蠢兄。

若是彼此天涯地，千山万水常途通。

1978 年 10 月 28 日

# 猜 谜

相处谊情深似海，不邀节日远道来。

记得当年看电影，留下谜语让我猜。

1982 年 3 月 19 日

# 书　信

良君诚心写金言，妙语深处思相连。
几曾梦里寻旧地，难觅少时一片天。
我仍记得童幼事，悄捏粉蝶嬉笑间。
谊情终究永难忘，书信来往话当年。

1979 年 2 月 8 日

# 期　盼

依依浓春别，各在天涯边。
思君情长在，不怕路途远。
千里有书信，了作心中怨。
好酒敬良朋，盼来艳阳天。

1980 年 10 月 6 日

# 忆　君

晨柳树下暗相思，昨夜轻风叶落迟。
久待不见良君面，又是秋桂飘香时。

1982 年 10 月 23 日

# 思　君

思君君不见 / 想君不见君

日日盼君千般苦

君非知我心

不是君忘恩 / 只怨速光阴

待到明年春花时

手捧诗书吟

1982 年 4 月 6 日

# 恨　君

那年八月桂花飘，只恨秋风惹人恼。

有心盼君同赏月，时不达意思又绕。

1983 年 9 月 19 日

# 小河边

独自漫步小河边，但恨良君不肯前，

唯我凝神望轻波，何日对岸风启船。

1984 年 4 月 8 日

# 秋月曲

窗前一轮明月圆，举目对空思无限。

秋风明月闻小曲，身后楼内奏和弦。

2001 年 10 月 10 日

# 望新月

独上高楼望新月，仿佛嫦娥嗔对我。

别去香林闲散步，秋风静吹桂花落。

沾得满身芬芳露，居家质疑怎么说。

云情雾缘笔下出，王母无奈鹊桥河。

2001 年 11 月 16 日

# 看花丛

新区郊外看芳丛，满目野花入帘红。

身沾香魂蝶觅处，路人笑我乐无穷。

2002 年 4 月 19 日

# 晓　月

轻风雾绕暮山云，晓月长空初露身。

多少情人低头叹，嫦娥寒宫正伴君。

2003 年 9 月 17 日

## 兄妹情

妹妹想哥一条河

哥哥想妹一座山

妹妹河边站一站

河里有船又有帆

哥哥山下站一站

山高峰陡路又远

妹妹过河易

哥哥爬山难

妹妹想哥短

哥哥想妹思无限

2006 年 9 月 23 日

# 望鲲鹏

久欲鲲鹏至

送我上青天

嫦娥见我齐奉酒

我非酒中仙

挥手知途去

谁惹吴刚烦

王母树下嫌来早

蟠桃在人间

1978 年 4 月 26 日

# 访松梅

月儿昏昏照空围，一十年中见是非。

不厌灯前风影动，静夜时刻相伴谁。

若仍不解山海梦，重向隆冬访松梅。

望得高堂烛子燃，才见梦里牵手归。

1978 年 7 月 10 日

## 事难忘

忆起往事亦悲伤，心有怅惘面绯光。

知君常洒少时泪，逼我无限怨红娘。

几曾梦里猜春锁，引得小邻妄诽谤。

昨晚彩云悄逐月，今又徘徊鹊桥上。

1981 年 7 月 29 日

## 秋霜景

秋霜来无声，垂柳无怨情。

又闻去年雁，几行过长空。

我园菊头开，东邻正红枫。

落叶遍地黄，一派初冬景。

1982 年 10 月 8 日

## 郊 外

秋来崎径初见凉，郁桂远风送寒香。

应怜一人野郊外，丛林深处盼情郎。

我欲把酒送远客，夕阳山下无限光。

手捧相机面前影，留作后来几重想。

2002 年 11 月 26 日

# 奥　妙

我的身个并不比你高

你为何见我低头笑

想前思后没料到

竟然会有这奥妙

多年挂在心里的大铜锁

无形中铁环被碰掉

我不能像朋友

那样登高远瞧

这也许下的结论太早

我决不是那

兴疯作傻的聪明

因为有多少个不顺要折腰

如麻的往事浮眼前

幼稚的含糊即将抛

虽然时光在

难知梦乡遥

我从来都没招惹谁

这纯粹是有情竟被无情恼

1979 年 2 月 21 日

# 七夕新悟

年年七夕 / 七夕在天上

从古至今

没人为织女牛郎搭桥

也没有人为他俩设宴捧场

人不如鸟 / 因为有喜鹊向遥远的天际飞往

是神的召唤

还是人们美好的遐想

人们常说 / 七夕这天总有大雨纷扬

这是织女牛郎落的泪

这是他俩久别的悲伤

去年七夕没下雨 / 今年七夕天晴朗

为何织女牛郎不哭了 / 这分明是人老了没泪淌

是移情别恋 / 还是繁重的劳作而遗忘

以上都不是

你看看 / 织女正为吴刚献舞

你听听 / 嫦娥早伴牛郎歌唱

2003 年 9 月 1 日

# 微　信

线上千万人，恨你不识君。

我若为君友，永世不离分。

举目流云去，遥望乱分寸。

欲邀亭中客，岂能知我心。

2012 年 6 月 15 日

# 小楼湖畔

小楼湖畔君未来，依旧清风绕亭台。

几声鸟啼乱情绪，一阵清风闯入怀。

不是窗外雨打花，哪有竹林遗芳彩。

静看晚霞思远客，满月晴雯迎城外。

2019 年 6 月 4 日

# 寒　春

突变天气，风雨逗嬉。

春暖之时，加带寒意，

满身单衣，又得更替。

2020 年 4 月 3 日

诗

文

# 忆相亲

## 其一

忽闻媒妁要相亲，忙躲门后不见君。

父母之命择娶日，花轿抬进亦成婚。

传统习惯何时了，移风易俗气象新。

征途路上迎风雨，志同道合觅知音。

## 其二

媒妁绕言才相亲，见面之时互不认。

拘谨懒语板凳坐，清茶凉碗谁先饮？

白天哪有闲暇日，晚上才可谈知音。

巧借月光瞅一眼，面红耳赤慌到心。

2020 年 4 月 8 日

# 秋　恋

黄叶不愿离旧枝，正是我与君别时。

秋风漫卷山下路，走尽崎岖茅草稀。

2020 年 10 月 16 日

214

# 秋 色

闲时独逛小胡坡，荡于轻风舞秋波。

他人着意乘船去，怨我无意饱赏月。

2021 年 11 月 8 日

# 雨 霁

乍游春园心欲碎

几声鸟语 / 敲打心扉

清风细雨落亭台

溅洒花蕊

倚篱轻吟 / 低首竹林翠

心绪如麻乱绕堆

清理头索 / 移情与谁

举目天际远

半弧彩虹映霞辉

邻君翘首望 / 推门燕双飞

回首锁双眉 / 光阴时紧催

相邀明月下

古槐供依偎

2021 年 5 月 19 日

# 生活的沉思

## 人　生

人生好比一条船，迎风破浪永直前。

只要脚下站立稳，不怕海风起巨澜。

1972 年 1 月 7 日

## 离　校

收拾纸墨离学校，走出校门志更高。

满怀喜悦奔农村，大寨红旗迎风飘。

在校哪觉同学亲，欲别皆把热泪抛。

师生依依谁先行，轻风吹破九重霄。

1973 年元月 15 日

## 留　言

同学相处情谊深，别时无语吐倾心。

但愿人间春常在，革命征途炼真金。

1973 年 2 月 17 日

## 南园秋风

南园秋风老桂香，久盼朋来君不往。
茶茗煮时青烟去，门前无人板凳凉。

1973年9月9日

## 同学相见

同学相见话语多，一言难尽三秋雪。
树下畅谈分别后，树上飞起大喜鹊。
但恨夜晚无情短，不知须臾五更过。
紧握热手十里送，忍情遥望惜惜别。

1974年7月15日

## 答友人

久阅隽永入笑意，晴雯纷飞涨秋池。
欲问何日登贵处，重亮孤灯夜雨时。

1974年8月9日

# 毕业后

同学相聚很难逢，毕业离校各西东。

放下课本田里去，融入社会大家庭。

白天下地搞生产，晚上回来灶火红。

好人好事争先做，毫不利己学雷锋。

1974 年 8 月 15 日

# 思　友

明月碧空照新岁，久立楼前悄丢泪。

同学千里征途去，难忘当年同杯醉。

1978 年 2 月 8 日

# 灯前思

独扶灯前思，快快何笑容。

往日赏月时，谁愿话平声。

一年一春去，落花亦伤情。

朋友登高临，遥思有顺程。

1977 年 4 月 6 日

# 夜 雪

风舞天寒 / 独自孤单

待在小屋 / 谁来问暖

眼下又是一场雪 / 皎皎大地兆丰年

东邻锣鼓响 / 西家正喜宴

闻者哪知情未了 / 天崖海角见时难

静守灯一盏 / 捻短油欲干

不望堂上烛子立 / 但愿小炉长升烟

1975 年 11 月 9 日

# 难为君

轻色一身走天涯，梦里银海脚踩下。

但愿长夜驾飞云，雨落江河浪淘砂。

醒唤春风染绿林，笑看山乡遍地花。

人生恰如台上戏，意会不达掌声哑。

1977 年 10 月 29 日

# 志　趣

谈笑有风趣，交往不为金。

酒肉无长久，平淡永世亲。

只因我家贫，无法入校门。

胸怀三江水，无云不成阴。

旁学本不低，杂收更超人。

只有自理会，不为仕途勤。

孤鸿徘天迟，余闻清高音。

1977 年 10 月 19 日

# 度时光

独立寒门度时光，每逢斜日映纱窗。

举目望尽窗外事，回头才知又重阳。

忆起当年明月夜，不由一阵断愁肠。

从来田里劳作苦，未见荣誉贴墙上。

1977 年 11 月 4 日

# 寒　寝

晚间不是你懒得脱衣

清晨更不是无意起床

人们说你体弱如柳

谁知是狂思乱想

1977 年 11 月 19 日

# 忆梦中

不值如山万重围，身临其境不思畏。

欲离脚下半寸土，感来鲲鹏展翅飞。

1978 年 2 月 10 日

# 等　待

自幼聪明多荣华，智慧早跑富豪家。

今日求学他乡去，寻找路途走天涯。

别看他人坐轿子，锦衣加身高头马。

有朝一日好运来，门飘彩带挂红花。

1978 年 8 月 9 日

诗

文

# 赴考场

一路笑语一路歌，满怀豪情过山坡。

考校就在山坡下，奔赴考校劲更大。

今年考学不一般，又红又专选青年。

考生应报两颗心，别钻牛角求学问。

考上大学亦光荣，发挥特长显才能。

一旦落榜别气生，照样入伍去当兵。

以上志愿都落空，种田还是老百姓。

话说至此别谈笑，明年此日在报到。

1977 年 11 月 27 日

# 孤　灯

寂寞寒夜独守灯，两耳闻尽窗外风。

桌上翻弄几本书，何日登门会新朋。

1978 年 12 月 8 日

# 沉　梦

昏昏又一梦／随君登云山

腿欲缩／心胆寒

忙问友／俯身看

乌烟烟／绝壁岩

岩顶独木横

君顺行／回头看

击掌牵我过

翼行间／桥崩断

忙搀我／急越涧

邻鸡突声鸣／星光残

年年观雁雁飞绝／日日看云云渐远

1978 年 5 月 27 日

# 友　谊

友谊难忘梦相连，不怕夜长又一天。

彼此虽是不同地，佳期到来重会面。

我曾书言苦劝君，应为他日海胸宽。

试奔眼前金光道，脚踏仕途抱负远。

1979 年 9 月 8 日

诗

文

八月十五月正圆

## 我与君

漫漫路途无尽头，君奇骏马我骑牛。
起点共奔目的地，归程倒是有自由。

1979 年 5 月 12 日

## 思客友

碧空淡云追残月，晚风几过西山河。
静待门前思远友，房后窗外等来客。
路人难解其中意，满怀心事向谁说。
只因当初一句话，浓茶辣酒又一桌。

1979 年 11 月 2 日

## 寻 福

雄心滥逛山漫处，黄昏独自急无主。
明月欲坠天亦老，不知何方是路途。
回首打开自家门，狂思乱想一旦无。
祖国山河任走遍，谁知隔壁便是福。

1981 年 4 月 3 日

## 无　怨

千度热心抛冰川，别恨他人作笑谈。

单花独放不是春，姹紫嫣红满春园。

有心来把冰川暖，北风竟吹阵阵寒。

如今身围千百友，谁知忽忆情当年。

1982 年 12 月 11 日

## 品　茶

不爱垂钓静养花，闲来桌前细品茶。

喜看彩云逐明月，醉到倾杯才思家。

1983 年 5 月 23 日

## 忆同学

自古清高志云端，巅峰峻岭任登攀。

儿时游戏互打闹，上学还是一个班。

苦读不看分数高，推荐培养好少年。

我在田里劳作苦，他人步入高校园。

1983 年 6 月 27 日

诗

文

# 知音遥

重翻君书知音遥，未曾开口谁先笑。

念窗十年怀旧约，同攀山岭越崎道。

我还记得童幼事，不赏芙蓉怜枯苗。

春风吹得人心醉，丛林树头雾又绕。

1984 年 8 月 22 日


# 时　光

情谊似火青少年，休闲散步亲无间。

幸福不知时光去，暮近方晓家渐远。

1980 年 12 月 20 日


# 深　秋

征鸿飞鸣严霜尽，小松喜听秋风曲。

谁知茅屋灯前人，无力惜作窗外菊。

1972 年 12 月 1 日

# 旧　梦

一杯浊酒尽 / 万盏灯头灭

息在帏幔忆往事

窗外风雨烈

遥知天涯路 / 身影伴飞雪。

望断征鸿声绝时

痴情恋旧歌

1990 年 11 月 9 日

# 五更时

杜鹃啼彻五更时，忆起当年谁怄气。

明知碧空悬晓月，不信玉人藏云里。

1973 年 6 月 7 日

# 月　夜

午夜人行少，明月半空中。

独抱双膝树下坐，闻得四野轻风声。

1974 年 12 月 12 日

# 秋 夜

夜鼓声声人未静，秋风瑟瑟伴蝉鸣。

欲从树下苦等月，留待嫦娥话别情。

1975 年 10 月 9 日

# 冬 夜

夜深鸿声高，举目难寻瞧。

银河群星明，鹊桥无人行。

海阔天空远，独自心情宽。

时有流星落，观看时不惊。

1982 年 2 月 6 日

# 年 夜

连天爆竹鸣整宵，谁作新词韵最娇。

磨眼一株摇钱树，期盼来年收成好。

1982 年 2 月 12 日

# 春忙时节

天边朦胧未曾亮 / 起床的哨子早已响

大哥还在房里睡 / 小妹几经趴在窗

爸爸田里挥鞭几时许 / 妈妈厨房小炒细烧汤

二姐拉着车子送肥料 / 三嫂担水送饭一趟趟

五侄捻鸭又赶猪 / 六弟牵牛又放羊

爷爷扫地看场院 / 奶奶刷洗补衣裳

社会主义无剥削 / 人人劳动有福享

1989 年 4 月 5 日

# 晚　间

盛夏黄昏暮来晚，散步乘凉不夜眠。

清风树下会客友，蝉鸣欲聋几见烦。

欲问后日何处去，共洒汗水去浇田。

别时无人尽笑语，子规啼彻五更残。

2002 年 8 月 2 日

# 春 寒

冬卷寒风去，春绕群芳蓝。

未见谁送花，却被余香染。

道旁幽静处，行人切莫前。

早有偎依者，正度节日欢。

2009 年 3 月 10 日

# 岁 月

父母早故无人揽，养育儿女未觉难。

全靠年头收成好，如今河东已西迁。

2020 年 3 月 29 日

# 赏 梅

隆冬逢春多奇妙，园内梅花迎风俏。

伸手折枝回家转，插瓶一枝盼君到。

1976 年 1 月 19 日

# 观花枝

春风劲吹翠叶青，彩蝶飞来悄无声。

欲沾花蕊枝不稳，留下遗憾恨怨情。

1981 年 4 月 2 日

# 观冬竹

谁撼冬竹雪花飞，狂风几度乱入围。

林下独有我赏竹，为此哪得不伤悲。

忆起当年明月夜，冷雨抛冰又折梅。

吴刚扫净寒宫雪，嫦娥洒尽春时泪。

1988 年 12 月 3 日

# 初绽桃花

春来桃花美，风动鸟声脆。

此处不见君，无心笑颜回。

随吟几句诗，日暮不愿归。

1999 年 4 月 18 日

# 登楼台

朋友约我上高楼，小池莲花刚漫头。

荷叶露水如珍珠，晶莹欲悬好看透。

别来香茶好待客，棚下风景正自由。

不问去年几杯醉，老坛还剩那时酒。

2004 年 7 月 15 日


# 忧　思

春思秋悲皆自叹，夏啼杜鹃冬啼雁。

年年门前黄绿树，老叶退去新叶艳。

2010 年 8 月 27 日


# 村头望

秋叶飘落悄离枝，正是寒霜初袭时。

鸿雁南飞自成行，碧云悬空总相依。

孩童好奇村头望，欢做游戏乱扯衣。

笑得家人忙阻拦，闯入堂前又绕膝。

2006 年 11 月 27 日

# 碧水湖上

碧水览天映曙光，丛林湖畔远相望。

风从芦苇深处起，小船浪里不摇桨。

久约亲朋看好景，左催右盼无人往。

神仙有心留不住，还是伴行去他乡。

2022 年 6 月 5 日

# 清　珍

春节临近备肴忙，寺院餐桌咸菜香。

师傅面前一碗水，佛歌轻伴度时光。

2018 年 2 月 15 日

# 忆插秧

斜日逼我快插秧，脚忙手乱不成行。

晚风吹来秧飘起，行人傻笑在路旁。

忆起往事一番情，永远难忘那时光。

如今不在小田里，楼上阳台作书房。

2000 年 6 月 1 日

# 感 悟

久欲未从竟如今，喜看窑湾古城镇。

要知昨日又故事，走出甬道巷子深。

我赏美景独行处，导游忙接门外人。

留品好茶待远客，相逢别恨不识君。

2001 年 3 月 5 日

# 野花开

群芳零落独自开，静赏风光迎寒来。

耐得寂寞无情处，婷立霜天林旁外。

2019 年 12 月 21 日

# 晚 宴

灯火辉煌歌声脆，酒过三巡人未醉。

把盏春宵夜不晚，才看他人扶手归。

剩宴一桌谁打包，勤俭节约未见为。

有心耳语明日来，别算新账全免费。

2018 年 3 月 5 日

## 读　书

学而不厌 / 读而不倦

习文保洁两不欠

忙时掩 / 闲时看

道旁胜书屋 / 仿佛又当年

2005 年 8 月 27 日

## 上　班

年年春节年年班，年年先进年年选。

年年春节年年过，年年上班年年欢。

2020 年 1 月 28 日

## 采风路上

一路梅雨一路情，一路崎岖一路泞。

一路满载一路风，一路乡闻一路景。

一路爱心一路梦，一路车辙一路行。

一路欢歌一路听，一路热心一路送。

2006 年 6 月 28 日

## 悠　钓

同事繁忙独自闲，无意屈行小河边。

垂目凝神望浮动，风逐浪波莫抬竿。

我有诱饵锦囊内，未撒江湖群鱼乱。

久握细竹长不钓，只为钩起水中天。

2009 年 9 月 13 日

## 捡　柴

路过官湖一板厂，打工就是这个样。

捡柴放满粪箕子，依旧还比当年强。

2020 年 3 年 31 日

## 悠　闲

无情一身轻，无爱不烦恼。

今日南山下，漫步蓬蓬草。

回来满衣蚱，饱食蓝蓝鸟。

宜兴消愁处，万事小园了。

2010 年 8 月 28 日

# 雪 竹

门前青竹几竿垂，喜看小院夜色美。

一阵寒风送飞雪，万树银花又翠微。

不去林下扶弯枝，哪沾细雨满身泪。

我仍初心怀旧月，吴刚奉酒嫦娥醉。

2015 年 11 月 2 日

# 伴油灯

当年苦读伴油灯，漫长岁月难忘情。

不与长篇论高下，数百首诗今写成。

2021 年 3 月 3 日

# 寻 月

佳节已至，晓月难寻。

满天薄雾，漫卷乱云。

天黑夜静，点亮星辰。

一道银河，两岸别姻。

2020 年 4 月 27 日

# 写 诗

诗人觅句出辞新，几度春秋几度吟。

推敲琢磨说不透，悟醒茅屋窗外人。

2021 年 3 月 19 日

# 小山峰

群峰难比门前峰，几曾攀越无限情。

耸立巅上小天地，笑看飞云喜相逢。

幽静逼我此处老，丛林那头清风动。

游罢归来满目春，悄入帏幔又梦中。

1999 年 5 月 11 日

# 寺 院

回首寺庙几度秋，当年香火炉不朽。

文化复兴显盛世，古迹遗留正新修。

如烟往事绕目去，岁月行云谁曾留。

闲人登山寻福地，祈求风霜莫染头。

1999 年 10 月 8 日

# 小亭外

当年春风花亦彩，夜廊丁香仙客来。
如今不见旧人影，脚下甬道生青苔。

2019 年 7 月 13 日

# 盘丝洞

西游记述盘丝洞，无奈行者孙悟空。
天罗地网好美景，一棒高擎万径通。
鬼魔躲进深山去，从此凡间无妖灵。
感恩路上有白马，平安盛世谢唐僧。

2004 年 8 月 9 日

# 小　屋

土墙小屋久已寒，几曾路过门紧关。
欲问主人哪里去，无名山下正耕田。
此户非与他户比，隔壁邻居又过年。
昔日孩童戏耍闹，两家不分东西院。

2009 年 6 月 18 日

# 时难忘

细思近年事 / 几处令人忧

昨夜又梦

忽到艾山旧桥头

旋风小河起浪 / 湖水混浊看透

纵其有源流

天星暗无光 / 独照他家楼

问苍穹 / 几时休

到了头

河东转西

且看咱如此耍猴

善恶终有报 / 无视屈膝求

霾日时难忘

痛打落水狗

1999 年 3 月 11 日

# 观香炉

相约已乘去艾山，丛林深处秋色远。

古寺铜鼎儿炷香，心中有佛胜有仙。

2019 年 10 月 5 日

# 庙 宇

初春轻雾飘满山，枯枝欲醒新庙前。

谁设神位供佛香，微风野火起尘烟。

村夫威守掠斋果，巧取暗胁逼信男。

我有敬意施不得，佛祖早离此处禅。

2015 年 2 月 13 日

# 飞 跃

轻点大地，跳跃云空。

如鸟展翅，盛驾春风。

周游世界，飞机不用。

九天揽月，乐摘繁星。

2018 年 7 月 9 日

# 翠柳新

春风惹翠柳，路旁草芽新。

百花欲绽红，野鸟争鸣音。

1665 年 4 月 8 日

诗

文

## 窗前景

窗前树叶青，才知春又景。

往日相聚时，长廊观花亭。

暮近人不散，星稀见月明。

同学千里外，扛枪守长城。

唯我家中坐，何日起身行。

2021 年 2 月 19 日

## 汉 源

布衣坐皇宫，天下七年统。

灭秦翦楚罢，世伟创汉风。

基业千古延，历代出英雄。

后裔遍全球，当今华夏兴。

2019 年 11 月 11 日

# 观油塔

油塔入云端，景色美如画。

登高闻笑语，俯视知年华。

初建我给力，别时有牵挂。

旧友一道来，相聚那山下。

1977 年 11 月 20 日

# 游后感

### 其一

万里山河笔下出，脚下却无半寸土。

愁眉常对窗外笑，借问童幻何时无。

### 其二

风吹彩球荡悠悠，楼上轻歌楼下愁。

仿佛又进梦境中，君乘南航我乘舟。

1978 年 6 月 20 日

## 望银河

月儿辉洒 / 寒空雁鸣

静夜观天 / 银河冷清

众恨织女何不往

牛郎早已伤情

玉帝正瞌睡 / 王母无索绳

你瞧那颗流星

早已骑上白骏马

飞过银河

吴刚弹起琵琶 / 嫦娥笑回春风

1978 年 11 月 25 日

## 游江南

春风遍染柳岸堤，江南景色看花时。

游者哪知春将晚，信步奔波赏古迹。

一群随友寒暄罢，挥手示谊各东西。

但愿明年此日见，风亭楼阁见稀奇。

1980 年 5 月 26 日

# 欲高临

独立窗前人，苦闷思无穷。

往日相聚时，谁愿话语停。

天上流云去，星稀见月明。

同学千里外，扛枪守长城。

唯我在家坐，何日登高行。

1980 年 10 月 8 日

# 观山曰

独立崎境迎飞雪，极目望尽云遮月。

北风卷土吹地来，乱石无道鬼奏乐。

脚下惜看霜叶枯，恨春笑面藏险恶。

一任群神扫冬去，骄阳又照新山河。

1989 年 12 月 7 日

# 电焊工

工人师傅手持钳，轻轻一点光满天。

晚风不吹睡眠意，挥把夜雨脸上汗。

1978 年 4 月 26 日

诗

文

245

# 看插秧

今过溪渠看插秧，田里绿苗自成行。

不顾烈日当头晒，欢声笑语话清凉。

又是一年好风景，秋收期盼似麦黄。

土地肥沃夏禾旺，汗水挥尽粮满仓。

2018 年 6 月 16 日


# 七夕有感

万里碧空月华静，牛郎织女更伤情。

久盼一日难相见，但愿王母永放行。

1978 年 10 月 13 日


# 观笼鸟

竹笼细雕工艺美，俊鸟高歌闻声脆。

无限好景不成飞，只怨当初乱入帏。

别争把中主人宠，独占风头乐为谁。

倘若蓝内无名曲，难见他人暗洒泪。

2019 年 7 月 14 日

## 八心歌

心心相印便钟情，心有灵犀一点通。
心照不宣少年事，心领神会君意中。
心乱如麻麻有数，心花怒放春正浓。
心潮澎湃与君会，心平气和我赞咏。

1978 年 9 月 10 日


## 心 扉

无心闲逛急回屋，良君早在门前渡。
谁说友谊不相顾，打开当年藏诗处。

1979 年 9 月 28 日


## 心无尽

一生翻越几座山，才知尽头有终点。
攀得陡峭见险处，思绪依旧步难前。

1981 年 10 月 3 日

# 登山者

逢年依旧狂登山，转眼又到寺庙前。

谁家少小独送香，神龛烟尽忘回返。

我有爆竹鸣不得，荡声必定震九天。

昨日东邻生贵子，彻夜啼哭刚入眠。

1982 年 2 月 10 日

# 难忘情

十月怀胎不安宁，东村西舍如临兵

一家有喜百家怨，门前常有逞其凶

强忍欺凌发怒火，如今想来仍若惊

瓜熟蒂落婴儿啼，感天谢地难忘情

1991 年 11 月 29 日

# 时过境迁

日出劳作月偏息，急腹哪顾穿破衣。

十年河东好运转，锦衣还乡看马骑。

2015 年 11 月 7 日

# 人啊人

人啊人
数不完的问
为什么
有的快乐有的苦闷
快乐的挥金如土
苦闷的惜土如金

人啊人
数不完的问
为什么
真话连天还是假
假话露底还是真

人啊人
数不完的问
为什么
醉生梦死十年过
踏破铁门难交心

人啊人
数不完的问
为什么
穷在家里无人问
富在深山有远亲

1984 年 6 月 10 日

# 心里话

心灵深处的火球

无时不释放汹涌的热流

一双凌人的眼睛锐光总会显露

灵巧的嘴却说不出一句话来

烫人的热泪难以点撒在情谊的心头

轻快地笑几声吧，我几经风霜的同学

再见吧，我多年相处的朋友

分别算不了什么

只不过又投入新的战斗

请回忆下你怎么进入的学校

我又为何落在别人的身后

彼此是否经得起不同颜色的考验

漫长的岁月使我们尽思寡忧

倒要想一想我们幼时的年华

就这样被别人抢了个优秀

我也不是傻子

别人也不会永远那么牛

快忘掉那些事吧

将来的一切总会拥有

1980 年 11 月 7 日

## 劳动本色

太阳晒黑了你的皮肤

大地磨硬了你的手茧

微风吹的你头发白

汗水流尽垢衣衫

你流露出劳动人民的本色

你的毅力而英勇完善

谁还说你是个小姑娘

这正是几年前的逗言

1984 年 7 月 2 日

## 升　迁

农村青年前景好，当兵下矿上学校。

期盼到头都无缘，田地生产闹高潮。

岁过三十亲朋怨，大龄总被邻里恼。

时运留给有心人，天意总会有福报。

1993 年 12 月 28 日

# 老 人

腰弯头难伸

黄土与其亲

离别一出戏

返璞亦归真

都知老人经历苦

难感哺育恩

静看鞠躬尽孝时

屈膝面前人

1999 年 7 月 7 日

# 机 遇

仰目麦克过肩高，无数学者几登瞧。

不知哪位置杆者，总会逼人少见老。

我欲台上几声吼，只怕狂惹评委笑。

去年对门小阿妹，一声未尽掌声绕。

2001 年 4 月 27 日

## 看育残婴有感

捡来弃婴亲无间，日夜呵护未曾眠。

孤寡老人有爱心，岂知风烛伴残年。

育得男儿好老去，黑白发人谁命短。

不听村民苦相劝，欲撒寰手牵又连。

2001 年 5 月 4 日

## 冬　舞

东风吹进亭台前，轻歌起舞飞如燕。

闲时才想邀远客，不知谁能为我伴。

2017 年 11 月 21 日

## 建筑者

工地院落灶台小，毛竹棚内菜香绕。

轻饮啤酒几瓶醉，傻待静处忘疲劳。

酷暑严冬常有笑，看尽排房逐楼高。

新城一片留不住，还是回家无限好。

2009 年 8 月 19 日

## 捡柴老人

伟大母亲，肩负重任。

为了子女，东跑西奔。

暮年将尽，繁忙还勤。

儿时我们，如此天真。

母亲肩背，几经翻身。

天理有示，老母至尊。

2008 年 12 月 8 日

## 怎能是你

网络世界，令人难猜。

聊得热情，分外关怀。

一旦见面，两者惊呆。

怎能是你，成了妖怪。

快站远点，马上离开。

令人失望，白费钱财。

2008 年 12 月 8 日

## 出 戏

初演黎民历辛苦，灯前台下看全无。

人生就是一场戏，迟步青衣紧步府。

当年婚配易风俗，未进瓦房入牛屋。

今抛家园迁新城，多亏夜伴苦读书。

2010 年 11 月 16 日

## 酒家寒

**岠**山脚下酒家寒，当初几人都不见。

枯杨树上鹊巢高，叶落桃林谨相伴。

我与好友门前过，满目凄楚心底酸。

曾闻店主新区外，欲度蜜月朱唇浅。

2014 年 12 月 23 日

## 琴 音

偶过乡间旧村庄，琴音飞绕几道墙。

面前一位老艺人，怀抱琵琶撩琴忙。

2021 年 3 月 12 日

# 门前思

谁摆宴席遗剩多，为何不能舍予我。

久待静处无人问，巧嘴难讨几日饿。

如今又想那时节，年轻力壮好做活。

挖山填海两肩起，踏云踩雾摘星月。

2010 年 12 月 23 日

注：作者看到站在某酒店门外的一位年迈老人，她的一双眼睛，瞅着那桌遗剩的宴席，观后甚是心酸，随有感而赋。


# 观下田

灯灭人去远 / 扶柩哭声乱

已乘黄鹤西天去

从此不回还

在世疼儿女 / 哪知养育难

不求报恩图殓时

灵魂入阴间

泣悲万声泪 / 逝者回头看

披麻戴孝齐焚香

一场烟幕圆

2014 年 12 月 16 日

## 深处去

紧抱双臂泪始干，独自走向大海边。

投身浪里随波去，了却寒心天抱怨。

恨透无情阿二哥，厌笑却将逐其远。

自是天质不识客，从此莫近是非间。

2015 年 5 月 6 日

## 母亲节

一束玫瑰无限爱，敬祝母亲千里外。

逢节都举盛大日，不忘根本有情怀。

2021 年 5 月 8 日

## 保洁员

日复一日离家，早晚楼层拖擦。

急从严冬飞雪，待到春暖落花。

扫去秋天黄叶，迎来蝉鸣酷夏。

为保环境优美，汗染几领衣褂。

2016 年 8 月 28 日

## 倡文明

文化巨人出群英，华夏振兴靠文明。
弘扬自愿精神在，试看引领时代风。

2022 年 5 月 3 日

## 狂妄者

村夫欺压暂无声，笑看他日走麦城。
不怕凶恶多狂妄，法网恢恢有索绳。

2022 年 10 月 31 日

## 一片好

贪官多

清官少

形势一片好

国家有信心

人民觉悟高

奔小康

金光道

2022 年 7 月 8 日

# 吊唁

忽闻张雷驾鹤去,泪作倾盆送风雨。
天堂案头纸如雪,挥笔狂书展寰宇。

2022 年 11 月 21 日

# 咏 物 记 忆

## 看花枝

花开一时散芳香，叶出花谢是平常。

不怕风雨打地来，枝头依旧迎曙光。

1971 年 3 月 29 日

## 花枝俏

花开时节含笑容，枝头俏尽怨东风。

春色满园谁先放，藏入群芳匿名称。

1973 年 5 月 1

## 雨后竹

微撼翠竹千滴泪，洒尽泪珠更向谁。

林下独有我赏竹，为此哪得不伤悲。

1974 年 3 月 29 日

# 赏梅花

墙外一枝梅，误疑秋月桂。

为谁冬时开，闻香几欲醉。

芳姿断蝶魂，飞去鸟又回。

1976 年 12 月 5 日


# 红叶俏

春时不显俏，无怨花开早。

秋风袭弱林，叶红枝头摇。

1977 年 9 月 10 日


# 看冬楝

独到山坡石径远，荒岭一枝看苦楝。

难忘去年冬时节，风赶晓月淡云乱。

强忍严冬摧枯果，飘落地上几堆残。

一场春雨打头过，万顷丛林群鸟喧。

1999 年 12 月 20 日

## 古榕树

几十年风雨 / 几十年忧

几十年春晖 / 几十年秋

故人早已去 / 新人又白头

世间轮回谁恒定

唯有你无偶

今日好景至 / 绕山路才修

欢歌笑语荡九霄

从此不寂寞

1992 年 1 月 26 日

## 芍药花

是谁惹君芳容怒，狂驾春风过河西。

莺歌蝶舞唤不回，去年今日小园里。

2001 年 4 月 8 日

# 玫瑰花

门旁攀绕玫瑰花，不染胭脂美如画。
清风吹得人欲醉，愿以花下居为家。


# 月季花

月季花开映彩云，巧设围栅小院内。
不怕枝叶多有刺，春风几度乱敲门。
主人欲掩西窗景，哪知小月露半身。
大胆蜂蝶过墙去，落下幽香满乾坤。

2002 年 6 月 23 日


# 冬观银杏树

古树平云三千岁，君来未见叶青翠。
别嫌苍苔无限老，只恨狂忙疑迟为。
留待干枝劲风吹，雨露盘根笑春回。
欲问大地绿叶时，傍林新苗伴鸟飞。

2002 年 12 月 23 日

## 并蒂莲

一盆并蒂莲，花朵枝头满。

蓓蕾聚不散，姊妹大团圆。

只为夏时开，从未与春艳。

清风劲吹去，美景在眼前。

2004 年 6 月 13 日

## 牡丹画

谁点神笔牡丹香，银白纸上满群芳。

似闻几声打叶雨，蜂蝶误入小园忙。

2004 年 6 月 28 日

## 莲叶新

映水莲花出叶新，不惹蜂蝶强过门。

一阵清风猛推去，撩拨塘前吟诗人。

2005 年 5 月 4 日

# 咏 梅

本是一株花，叶花同枝艳。

谁为梅设帘，花叶不见面。

有花没有叶，叶绿花已远。

不惜同枝生，却又同枝连。

若说没有缘，叶枯花依恋。

2004 年 12 月 9 日


# 金银花

桂花栖时银花扬，悄攀空枝非作狂。

青掩树干丈外景，小院无处不飘香。

早有爱心惜野草，飞落蓬莱窗外墙。

时逼鸟语绕耳去，楼上余音忙掩窗。

2005 年 5 月 22 日


# 阳台花

客厅阳台小庭院，奇花异草悄争艳。

不知主人几度苦，一日无水别样看。

2012 年 8 月 10 日

诗

文

265

# 牡丹园

阳春三月花色暖，凋谢枯枝六月寒。

群芳斗艳蜂蝶闹，惹怒洛阳牡丹园。

国色天香人嫉妒，万里纷致不敢言。

深藏余文谁道出，妙笔纸上诗成篇。

2011 年 4 月 8 日

# 老树吟

来于黄土别时亲，枝干弯曲站地稳。

生在险处多风雨，历听黑夜雷声震。

顶天立地当年茂，春晖时节出叶新。

树老沧桑君莫笑，光阴磨炼壮其身。

2011 年 8 月 19 日

# 君子兰

群芳烂漫自为王，沾霸书屋留佛堂。

谁不倾心其貌美，绿叶染尽看红妆。

2013 年 2 月 19 日

# 野 艾

相与盟友南山外，踏遍春草寻野艾。

忽见岩上两棵蒿，清风近吹几入怀。

难忘岭下酒绿时，灯光辉煌添新彩。

多情君子闻香醉，未曾遐想今又来。

2014 年 6 月 25 日

# 牵牛花

树底野草藤上花，蔓绕高枝群芳雅。

春风得意不藏艳，别嫌身在丛林下。

以往小瞧丑二丫，如今牵牛鸣喇叭。

路人赶忙回头看，读书呆子正笑傻。

2014 年 8 月 9 日

# 春 柳

枯叶未落尽，春芽又萌生。

未忘去年叶，怎能思新情。

2015 年 1 月 13 日

# 一株梅

道旁一株梅，悄然独自开。

不言寂寞苦，迎风几朵彩。

有约难相遇，上苍巧安排。

欲请朋赏花，客从八方来。

2015 年 2 月 15 日


# 清馨莲花

出水莲花芳溢馨，不惹游客几次临。

别看小河波浪远，早醉岸上路行人。

2015 年 7 月 7 日


# 知情花

君赠天仙子，弃而花又开。

望艳知云雾，雨后更风采。

2015 年 7 月 8 日

# 附：著名诗词大家柳明和诗一首

## 无限情

主人弃之如浮萍，此物逢雨便更红。

并非花好卑贱开，只缘先有无限情。

2015 年 7 月 10 日

## 望蓓蕾

静守蓓蕾望春新，悄动夜风美东邻。

莫惋摇枝远香去，花落飘袭难为君。

2017 年 3 月 28 日

## 白牡丹

牡丹仙子白如雪，春雨挥洒追群鹅。

好情游客离岸去，跳入花丛怨小河。

2017 年 4 月 10 日

# 蒲公英

### 其一

花时黄似金，凋谢绒球美。

随风飘落去，遍地多子孙。

2017 年 3 月 6 日

### 其二

春打九尽卷土来，喜看蒲公英花开。

田头地角自由生，风吹绒球飘天外。

翻山越岭降伞兵，千辛万苦为后代。

留下青叶一片心，茶余话后乐秀才。

2017 年 3 月 14 日

# 罂粟花

罂粟开花艳最美，可饱眼福又醉人。

一夜走上富贵路，万贯家产竟变贫。

我拍此景瞧不得，几棵舞草高墙森。

遥看眼前网绕屋，风吹香蕊几行泪。

2017 年 5 月 8 日

# 仙　桃

看桃思甜口福美，未曾沾手心先醉。

谁到此处不摘果，除非帐外设重围。

前年树下看几眼，至今仍有野蜂随。

任他园里隐身去，无奈嗡鸣催我回。

2017 年 6 月 19 日

# 兰　花

去年栽花花不开，今年栽兰兰香来。

平日没有几浇水，敢与群芳争光彩。

2017 年 9 月 3 日

# 红　梅

已知冬渐去，红梅依旧开。

不是春日花，胜过群芳彩。

随游新湖景，未离两步外。

惜别假山远，相约在重来。

2018 年 1 月 29 日

诗

文

# 桃花与杏花

桃花喜送杏花归，杏花一去头不回。

桃花杏花伴风追，杏花飘落桃花圩。

桃花杏花异时开，杏花桃花相媲美。

桃花欲留杏花蕊，杏花不与桃花飞。

2018 年 3 月 28 日

# 一枝梅

寺院一枝梅

春迟花开早

蕊寒香冷蜂不惧

冬里寻芳草

游人绕山语

佛祖腹海笑

欲显羞容又藏面

阁上群雀跳

2019 年 2 月 27 日

## 冬葵花

冬葵花几朵，风吹花不折。
不是雨打花，却见雨点多。

2019 年 6 月 11 日

## 落　叶

风吹飘叶去何处，落到松柏枝头住。
笑看严寒袭千树，独沾四季春如许。

2019 年 10 月 14 日

## 桂香树

桂香满园关不住，秋风飘落他家树。
欲呼长留原来处，小林梢头俏摇去。

2019 年 11 月 6 日

# 冬 桂

晓月桂枝暗来香，风舞飞雪仍芬芳。

只因当年同晒日，一片清心叶上霜。

2018 年 12 月 6 日

# 春兰怨

群芳难比此花好，盆里奇葩盆外草。

满园妒意关不住，春风暗恨秋风脑。

2019 年 6 月 17 日

# 望醉莲

溪风轻柔摇醉莲，花落池塘云水间。

初闻鸟歌几声脆，妙藏深处伴神仙。

2019 年 7 月 25 日

# 苦　瓜

青藤叶花浅，枝蔓绕庭院。
谁晓俏身苦，生来为君甜。

2019 年 8 月 19 日

# 冬　梅

蓓蕾枝头小，风吹花又俏。
待到春来时，暗香依旧绕。

2020 年 1 月 12 日

# 春兰花

前日当野草，拔而复又栽。
不记心中怨，依旧独自开。

2020 年 5 月 23 日

# 一枝秀

群芳满园一枝秀，初绽花蕾蕊香露。

别嫌光阴无情短，夏时欲来春已旧。

2021 年 5 月 6 日

# 栾　树

春时不争秀，秋来全无求。

静待群林下，依然花如旧。

2021 年 9 月 11 日

# 鸢尾花

鸢尾花开面朝天，纷飞彩蝶不敢前。

春风得意园门紧，误以此处早有仙。

2022 年 4 月 17 日

# 枝头花

独占美景枝头花，生来正植樟树下。
顽童翘脚未折去，留待院中看风雅。

2022 年 7 月 4 日

# 荷　柳

满塘翠莲花如海，竞相绽放迎君来。
岸上景色柳不怨，生姿摇曳送风采。

2022 年 7 月 28 日

# 彩　蝶

微风静吹秒枝动，鲜花朵朵难分清。
粉蝶翩翩花上舞，欲沾哪得自由情。

1973 年 4 月 26 日

## 观飞燕

乌云翻滚似堵墙，孤燕飞行受阻挡。

欲进群伴同行路，轻风细作雨茫茫。

1977 年 8 月 9 日

## 鸟 儿

祖国遍地皆是春，鸟儿投向杏花林。

任它他李争春去，青松正是枝叶新。

1978 年 5 月 4 日

## 燕归来

杨柳轻柔微风吹，桃花落尽飘如飞。

我家老屋梁不旧，去年今日燕已归。

1980 年 4 月 5 日

# 夜 莺

夜莺，夜莺！

你为何啼叫不停

谁又没伤害你

你为何不唱出快乐的歌声

夜莺，夜莺！

你一定要听清

要赶快打起精神

你为何总要做那黄粱美梦

夜莺，夜莺！

你伴月亮陪星星

独站高枝风雨不动

就像枷锁套在你的脖颈

夜莺，夜莺！

黑夜即将天明

你就唱出歌声吧

不知道有多少人都在静听

1977 年 12 月 10 日

# 小杜鹃

春日到来百花彩

麦子黄时杜鹃来

声声叫得槐花落

声声叫得莲花败

虽然你恋声不绝表深情

却不知多少情人伤心怀

我望树林远相送

北风南下云雾开

倘若今日你不走

风雨霜雪难忍耐

秋叶为你披红妆

欢送南去莫徘徊

请你逍遥随伴去

祈盼明春再回来

只要村头啼一声

仍如去年迎门外

岁月光阴催人老

后有来者又一代

1978 年 9 月 6 日

# 守 望

盛夏如火滚热浪，茂密大树好乘凉。

主人深山游景去，留下小犬荒丘上。

忽闻远处脚步声，惊心忙瞅寻四方。

陌人身边几曾过，狂吠使人空张望。

2001 年 7 月 6 日

# 观螳螂

悄观螳螂若水苇，独占夏荷守蓓蕊。

但愿黄莺寻柳去，此处天地永春晖。

2005 年 7 月 9 日

# 望飞鸽

抖翼飘云飞，独沾春雨归。

我欲举目望，天色全带回。

近撒把中谷，不分白与黑。

但愿明日出，依然平结队。

2006 年 3 月 7 日

诗

文

# 鹊与鹰

同立枯枝，焉何为敌。

羽毛美身，共天展翼。

喜庆我临，野猎你戏。

鸟类一朝，莫乱宗系。

2006 年 9 月 18 日

# 守门犬

犬守门户最忠，缘何锁链在笼。

只因人畜有界，难为世间苟同。

不分阴晴昼夜，依旧静候苦等。

忽有路上鸣笛，总是狂欢相迎。

2009 年 4 月 5 日

# 老　牛

千桥百径几曾过，静卧闲时不言说。

别挥长鞭赶老牛，田角地头吆声多。

2010 年 3 月 21 日

# 一只猴子

主人睡了 / 睡的很甜

一只猴子 / 守卫在主人身边

几只鸭子来了 / 叼走了主人的面卷

而猴子却无法追赶

因套在脖子上的绳索太短

主人醒了 / 发现没了面卷

重重的向猴子挥了鞭

猴子只能恨地怨天

主人若把手中的绳子放长

鸭子怎能跑在我的身前

我劝主人松松手

也是为你看管

2003 年 10 月 25 日

# 鹅鸭群

鹅鸭恋群河水中，轻浮波浪泳前行。
对岸多有寻觅处，遇到草蚴无相争。

2014 年 3 月 24 日

## 两只蝶

热切猛追求，深远藏挚爱。

看上不见面，巧躲暗相来。

不怕岭坡高，野花亦风采。

永沾枝头乐，尽享林山外。

2017 年 9 月 21 日

## 鸡　群

一夫当冠百鸡安，不争地盘不抢山。

白日寻食同行路，夜里入巢没隔栏。

未曾闻听雌雄斗，偶遇肴馔唤群前。

倘若野狐起歹意，共啄来敌令其远。

2014 年 5 月 8 日

## 蚂蚁群

蚂蚁迁徙雨将临，千军万马齐上阵。

扶老携幼离家园，屈行坎坷见情真。

2018 年 5 月 30 日

## 观　蝶

春蝶来迟秋已晚，飞入寒门远离山。

谁知月季城墙外，无时不见花色艳。

2018 年 9 月 14 日

## 奔　鹅

逃出栏栅跑如飞，野外寻食不回归。

谁家酒客圆桌满，几更宰手嫌鹅肥。

巧引旱禽下新河，狂惊水鸟乱入苇。

静陪高堂望梁燕，从此不思佳肴美。

218 年 10 月 12 日

## 不相识

初秋野蜂不识苇，才把霜红当春晖。

要不河边几朵花，哪有青竹更显翠？

2018 年 11 月 29 日

诗
文

## 画眉鸟

身置翠枝美娇蓝，妙曲高歌声满园。

本是野外自由鸟，误入把中凭君玩。

2021 年 6 月 21 日


## 对炉话

炊啊炊

你为啥

只冒烟来无火花

为你终日炉旁站

放尽木材和煤渣

炊啊炊

你为啥

偶尔露点火芽儿

惊笑狂人喉咙哑

1977 年 12 月 26 日

## 瓜棚下

初游乍到南山洼，小林深处未见花。

独自一人蔓草路，鸟音伴我瓜棚下。

1978 年 9 月 14 日

## 闲　椅

道旁闲椅睡不歪，欲与广场竞风采。

歌舞喧闹未惊醒，陈梦寻浮云天外 。

1989 年 9 月 3 日

## 莲佛塔

莲佛宝塔朝天高，九龙戏水闹云霄。

游人到来翘首看，眼前美景无限好。

1992 年 3 月 16 日

# 小河边

小河深处不平静，恰似水下藏精灵。

吓得路人不敢近，哪有涟漪重叠影。

1999 年 1 月 6 日

# 冬　湖

轻风湖光水连天，冬游远客忘回还。

残荷不怨鸟飞去，静候佳期盼明年。

2000 年 12 月 8 日

# 三阳开泰

青山绿水显玉身，旭日东升普照门。

翠柏迎风吹古道，群羊攀颠跃如神。

几只松鼠闹秋月，嫦娥奉酒吴刚饮。

大师巧雕野石美，一件藏品万两金。

2001 年 11 月 20 日

# 观汉陶

满屋古陶 / 历史在现

虽是坛坛罐罐 / 不尽几多辛酸

观者易 / 藏者难

看似陈列凌乱 / 岂知是日月连年

2002 年 3 月 3 日

# 观美玉

秋醒松鹤对山歌，窗外行人偷望月

一片祥云飞天去，万盏灯笼过银河

未见瑶池嫦娥舞，广寒宫内吴刚缺

谁雕玉石成美景，我店门前多看客

2003 年 6 月 23 日

# 看名画

春风纸上怒花草，喜看群芳逗飞鸟。

大师笔下山河绿，香袭奇葩虫歌绕。

2011 年 2 月 21 日

# 问 椅

几件零散木，敲打偶雕成。

历经坐椅者，谁能称英明。

帝王失天下，臣子多充兵。

欲言其中事，道破神鬼惊。

都说坐椅难，舍命苦相争。

怒问伐木匠，缘何施妖灵。

2004 年 9 月 23 日

# 独 尊

威严独尊静八方，铜塑金身享佛香。

造就世间吉祥物，留待门前供仰望。

向来默作哑无声，恰如神兵喊杀场。

求得一正压百邪，平安盛世年无荒。

2006 年 6 月 8 日

# 老 井

村头那眼老井，养育几代人生。

当年车水马龙，如今静悄无声。

偶来客映美容，别此相逢传颂。

当今村民不饮，陈水依旧清明。

2007 年 6 月 27 日


# 画 院

当年王爷马蹄紧，时过境迁远游人。

一时冷落虫草乱，梁朽栋敧谁问津。

东方画院墨香起，金涂四壁花木馨。

师生青黛点神笔，来往索求客满门。

2012 年 11 月 28 日


# 石头花

无意捡得石花开，全年四季有芳彩。

多情蜂蝶影不见，独有远客好奇来。

2019 年 4 月 31 日

# 望天吼

瑞兽美名望天吼，生就神威伴将侯。

静蹲守待门庭内，广纳福源人长寿。

注：朋友相约，去邳州市治安大队负责人办公室，稍作介绍，随令作者为一尊奇石怪兽赋诗，当时无法推辞，只得挥笔而就，因此永结为友。

2018 年 2 月 17 日

# 根雕鸟

一对根雕鸟，看似情未了。

恩爱互不离，相守直到老。

正是天意美，又遇手工巧。

今日我收藏，世人齐说好。

2013 年 3 月 19 日

# 宝 塔

灵岩山上宝塔高，举目仰望入云霄。

不知他年谁人建，设在巅峰镇何妖。

2019 年 12 月 4 日

# 烟 囱

远看乡村楼欲狭，白云升处有厂家。
雾霾腾空随风去，飘落人间漫天涯。
停车抓拍已将晚，河岸田野全无花。
急待居适环境美，众志成城创国华。

2015 年 2 月 14 日

# 石独角兽

威严天下独自尊，勇往直前惊煞人。
哪有豪门不识我，混沌九转成金身。
本来就是一头兽，何必威严如君临。
设得正堂供香火，万古千秋奉为神。

2018 年 5 月 23 日

# 玉貔貅

天下貔貅出邳州，玉器城内家家有。
招财驱邪两不误，保你小康路无忧。

2020 年 1 月 27 日

# 稻草人

外表文武庄严，内无墨水一点。

手持旌旗待令，如临近敌大战。

惊吓麻雀鼠辈，只为两分菜园。

顽童取乐燃火，化作几缕青烟。

2019 年 5 月 16 日

# 汉　俑

威震四海，陪主远来。

不知家乡，长年等待。

舞姿仍存，有谁喝彩。

隔七岔五，闭门方开。

游客观望，心思各怀。

2019 年 6 月 7 日

# 龙凤盘

龙凤瓷盘葵花边，青枝蔓绕红牡丹。

有缘人家置中堂，喜庆吉日福齐天。

2020 年 7 月 3 日

# 龙　山

龙山景色龙山新，龙山林秀龙山春。

龙山清风龙山云，龙山欲留龙山人。

龙山脚下龙山村，龙山常驻龙山神。

龙山有晴龙山荫，龙山相望龙山群。

2020 年 5 月 2 日

# 将军罐

青瓷将军罐，如意花绕边。

美图高手绘，精品在民间。

2020 年 8 月 13 日

# 春　感

初绽蓓蕾看叶青，逍遥谁知恋美景。

露洒小草含春泪，风光优美冬无情。

愿洒汗水浇田苗，逢年四季见红缨。

几次南园入梦后，那人仍在花丛中。

1977 年 5 月 25 日


# 无　题

松花无见果实多，鱼大不涨蓄水河。

哪有密林遮鹰眼，暮色收尽湖上波。

1980 年 11 月 9 日


# 春风来

谁惹春风昨夜来，遍地芸薹别样开。

初醒小草含微笑，伴我踏青乐情怀。

2001 年 3 月 28 日

# 乐　春

墙外一枝柳，初探桃花秀。

不嫌春来晚，芳香在外头。

2001 年 4 月 5 日

# 秋　日

### 其一

风吹黄叶去，冷巢恋旧枝。

不言其中苦，期盼来春时。

### 其二

树新巢已旧，风静月照楼。

人在楼中歌，鹊飞云里愁。

2011 年 11 月 21 日

# 怜 春

细看喜蛛惜家园，巧结丝网留春天。

不让凋花随风去，飘落江河谁渡船。

无奈童心常赏月，银河群星别样看。

风雨无情树头起，霞云雾绕永世间。

2013 年 5 月 30 日

# 云 燕

春风弄柳青如烟，细雨飘落雾绕山。

燕歌生云冲天去，一道彩虹挂前川。

2018 年 6 月 17 日

# 黄 昏

初见黄昏夏时短，金蝉枝头争鸣乱。

鹃啼一声人隐泪，更有林深移情远。

2019 年 8 月 7 日

# 秋　雷

秋夜风声

闪电雷鸣

天兵神将齐出动

人间有妖精

意欲扰市民

惹烦上苍怒

降魔驱鬼有法令

从此看太平

2015 年 8 月 28 日

# 春满园

冬风远去春满园，初醒百花齐争艳。

谁惹游人多贪目，悄折一枝回家看。

轻手悄插书案上，独自享尽清香远。

惹得东邻小二姐，误将芍药作牡丹。

2018 年 5 月 3 日

# 盼　春

山下石榴园，枝头枯果歪。

贪青时未熟，谁逼口强开。

欲问去年雪，霜后南山外。

冬去春逸致，红花又风采。

2019 年 12 月 19 日

# 金　秋

银杏叶黄野菜青，深秋无处不风景。

去年未到此园来，金色醉人仍未醒。

2020 年 11 月 15 日

# 雪满天

北风舞雪满天飞，竹林披纱下翠微。

寒空徘徊失群雁，迢迢絮幕何处归。

1974 年 2 月 9 日

# 月　夜

萋萋梧桐出叶新，蒙蒙晓月色更美。
午夜唯我树下坐，眼前难忘远行人。
耳畔时有春风至，情蛙歌终更觉亲。
黄鹤欲从白云过，夜漫长空何栖身。

1977 年 4 月 17 日

# 云山雾

高头大马云山雾，缰绳拴在谁家树。
去年谜底今将悟，艳语悄从邻里出。
问君能有几多许，黄莺歌罢蜂蝶舞。
欲乘明月银河渡，又恐嫦娥急无主。

2000 年 11 月 8 日

# 寒　风

寒风叶落地，归根感恩时。
树高不忘本，当初育芽急。

2016 年 11 月 30 日

诗
文

## 山雨欲来

夏令莲池香溢远，山风吹来层丛乱。

藕花弄姿无艳蝶，谁触玉体怒万千。

君若有情悄出水，勿借荷叶巧掩面。

陌路欲近未从目，夜闹晓月闲杜鹃。

2001 年 7 月 22 日

## 雾　霾

风起寒流云海间，雾霾山林瘴亦源。

笼罩大地灾难出，医院诊所疾患满。

人们从不留疫客，几曾离去又回返。

非常时刻多预防，别在袭来惹人烦。

2014 年 11 月 25 日

## 飞　雪

谁惹香樟枝狂怒，一夜飞雪风未静。

我欲树下瞅几眼，身后早有催前行。

2017 年 12 月 10 日

# 寻骨风

山坡多有寻骨风，生来驱邪治大病。

刨根水煮三日饮，恶病痊愈尽全程。

2020 年 5 月 5 日

# 风　浪

你是风，我是浪。

起点低，涛音长。

散粒水，聚力强。

两者依，顿起狂。

2020 年 9 月 3 日

# 干　旱

久旱杨尘土，云深雷声无。

时见野草黄，田地禾苗枯。

出门仍带伞，祈求风暴雨。

2022 年 6 月 5 日

诗

文

## 甘　雨

一夜风雨过溪田，久旱禾苗初见鲜。

当下不愁粮仓空，秋收有望家门前。

2022 年 6 月 23 日

## 冬　园

冬景如夏撒春晖，游人到来不思归。

好友园主多留客，招手致意明年回。

1972 年 12 月 26 日

## 盼君到

喜鹊展翅白杨上，旭日东升万束光

难道远客欲登门，清风吹来芳草香

1973 年 5 月 7 日

## 游湖忆母

独自立河边，暖阳破冰川。

滔滔潋滟水，望我泪珠涟。

忆起母故事，未家守跪殓。

母育儿尽心，难得一孝寒。

早知母急故，终世供慰言。

谁有母子亲，无人超其缘。

节日思敬母，只逢梦中见。

1973 年 3 月 9 日

## 寒门女

村头一家人，客来无气氛。

家中大龄女，时常落愁眉。

烦言对老母，冷语向父亲。

年方二十五，无媒求婚姻。

时有四邻怨，口语溅非云。

老来凭谁靠，但愿永长春。

1977 年 6 月 10 日

## 居上者

前拥后挤不相让，自有后来可居上

人间事理由天定，巧取豪夺无企望

1977 年 10 月 28 日

## 理发匠

店铺家当肩上挑，街头巷尾动剪刀。

理发剃头人亦多，这边生意独自好。

2001 年 5 月 9 日

## 忆知青

万籁寂静悄无声，独逛岭前亦伤情。

记得当年明月夜，倾心畅言到天明。

如今早已回城去，故居无人院落空。

难忘来时不识客，甚是拘束脸面红。

1981 年 5 月 2 日

# 别又逢

物业小区应有情，几曾撤去无谢声。

门锁风条人离去，垃圾如山车乱停。

不言而错天地宽，双方挥笔又合同。

彼此尊重相互间，共创样板更光荣。

2001 年 12 月 26 日

# 听　曲

庙门正朝南，佛歌绕寺院。

欲止玄有音，曲尽人不散。

我问从戏者，续听谁给钱。

闲游信徒多，十有九行善。

2002 年 4 月 5 日

# 看　相

园区摆摊看大仙，路人围拢争向前。

不知卦合其中妙，取乐逗笑站一边。

2011 年 10 月 11 日

# 张雷书法有感

### 其一

挥笔纸上悟朝天，欣赏不透看时乱。

龙飞凤舞令君笑，满腹才华悟半天。

自创书法宇宙体，敢于传统说再见。

书到尽头难领会，绝非我才文墨浅。

2011 年 5 月 6 日

### 其二

独创书法悟朝天，宇宙体形看似乱。

百家争鸣可领先，群芳落进青苔院。

挥笔更显繁星多，嫦娥歌舞紧相伴。

人世沧桑各有乐，风霜冷月自笑看。

2011 年 5 月 6 日

# 垂　钓

一竿掌在手，天下莫关心。

两眼水中月，不拂面前云。

2014 年 2 月 8

# 客 栈

湖风荡四海，山雨打栈门。

久寻今相见，豪气直逼人。

把刀欲对刃，才知鞘有神。

天下无敌手，道上又一君。

2014 年 5 月 21 日

# 宝有缘

俏色巧雕成玉身，街头一现惊煞人。

我有福缘宝以到，阳光普照早入门。

柜台红毡显眼处，待有顾客请财神。

前天电话邀友至，今望来君将欲临。

2014 年 8 月 29 日

# 等 候

荒山野岭景色远，独自一人莫向前。

丛林深处无行路，等候坡下来伙伴。

2017 年 7 月 16 日

诗

文

309

# 蜘蛛网

蜘蛛穿丝万缕线，松柏枝头网如山。

巧设布袋迎甘雨，积露成河备水泉。

夏热风来毒如火，从此不盼连阴天。

昆虫若能早设计，一片树林若有仙。

2015 年 7 月 19 日

# 暮时节

黄昏至，鸟归林。

你快手，我抖音。

乐不停，歌无尽。

电话少，没微信。

自媒体，传播迅。

2018 年 2 月 8 日

# 稻田喷药

烈日当空正伏夏，水稻田里喷云花。

不是有心赶虫去，秧苗才露小尖荚。

2018 年 6 月 23 日

## 著书纪事

高楼万栋黄金山，不如著书写诗篇。

房不留名钱无主，唯有诗书纪事远。

2019 年 9 月 12 日

## 人有情

谁家无意火烧棚，浓烟高起冲云层。

不怕烈焰吞房屋，灾险无情人有情。

2019 年 11 月 21 日

## 观花感

占尽风光春去忧，自有后来居上头。

看似叶茂同一枝，各自景色各自由。

2022 年 6 月 7 日

# 中山陵

革命志士静山间，感我胸怀忆当年。

挥手时节斩豺狼，疾苦方得幸福泉。

如今又有伟人出，祖国山河变新颜。

看得小岭不寂寞，四海游人往不断。

1980 年 12 月 8 日

# 新城夜景

新建楼房朝天高，夜景辉煌闹凌霄。

身居闹市福满堂，感恩时代好领导。

2004 年 10 月 6 日

# 擂人诗

街道店铺有慧眼，门牌令人别样看。

飞发走丝剃头匠，饭卖人口饮食店。

白字先生可获奖，搋发饭醉可争先。

听了真是吓死人，看了却是擂人言。

2011 年 4 月 8 日

注：某街道理发店门牌"飞发走丝"，另一烧饼店门牌是"饭卖人口"。

# 睡　莲

碧湖立冬水，睡莲轻浮面。

只说不争春，却又齐争艳。

醒来秋已过，群芳香飘远。

风叶至流去，摇橹待客船。

2013 年 11 月 5 日

# 花果山

乘春巡游花果山，未登蓬莱已见仙。

悟空翘首盼僧到，佛祖东海不下船。

留待龙宫百怪出，方使大圣显威严。

更喜庄主写神书，承恩妙笔群魔乱。

2015 年 3 月 13 日

# 观新景

柏油马路车鸣笛，道旁景象古来稀。

去年还是荒草地，而今新区高楼立。

2022 年 7 月 19 日

# 石头城

南京城西石头城，城里城外亦风景。

岁月沧桑六百载，如今依然见名胜。

园内醒目塘水清，翠柏杆枝绕古藤。

门前车水见马龙，香茶远客话凉亭。

2016 年 3 月 16 日

# 白玉兰

花开洁如玉，香馨飘满园。

枝头挑银灯，荧光遮叶远。

树鸟唱春歌，路人悄步前。

2021 年 3 月 28 日

# 富贵花

富贵花开绿染园，祥云普照几来仙。

不为卑贱傲风开，独占枝头香溢远。

游人涌争望春景，悄入花丛惊飞燕。

惹得身后小二姐，击手傻笑言语乱。

2021 年 4 月 28 日

# 诗 运

闲坐书屋度年华，翻尽岁月细品茶。

诗心润笔情不老，咏古颂今文风雅。

2022 年 11 月 26 日

# 感 恩

兄弟相遇皆有缘，古彭三十二年前。

慷慨解囊扶困友，落荒时节过难关。

轻乘远航他国去，事业宏伟有余钱。

万里辗转寻旧地，感恩诚谢情当年。

2022 年 9 月 19 日

注：特为孙胜荣感恩张爱民而赋。

# 奉 献

年青一代人，时刻有精神。

两肩责任重，奋斗谢党恩。

劳动最光荣，节约持家勤。

2022 年 10 月 8 日

# 收藏者

千古文化蕴藏深，痴迷历代淘宝人。

知识渊博好下手，天文地理论古今。

远看物体近工艺，质腻年代入乾坤。

精巧奇异佩玉带，名窑官哥汝定均。

2022 年 12 月 19 日

# 过庭门

曾闻窗台传笑声，不知何时冷门庭。

看上封尘锁已旧，远客前来难为朋。

2023 年 1 月 23 日

# 怨情风

去年秋风吹黄叶，惜看飘落悲情切。

不忘春时风又来，绿染新苗满田野。

2023 年 3 月 19 日

## 春　寒

清明时节春意冷，阴云密布欲洒冰。
路边小草需暖日，风霜袭尽芽正醒。

2023 年 4 月 4 日

## 风　筝

轻盈乖巧翱苍穹，飘舞得意看如龙。
一根银丝手起落，身居云端难别从。
远风欲送天边雨，惊慌时节扯断绳。
留待暇日重起放，城郊旷野逗顽童。

2023 年 4 月 9 日

## 庭院景

长廊亭台美如画，池塘碧水映彩霞。
巧手造就一方景。留于世人观奇葩。

2023 年 4 月 16 日

# 崖　柏

古松翠柏傲苍穹，盘根错节藏神龙。

千年回首春亦在，屹立庭院永长青。

2023 年 4 月 16 日

# 雨后蛙歌

乌云翻滚天欲低，牧童老牛催赶急。

一阵风雨雷声后，又是山乡蛙歌时。

2023 年 5 月 3 日

# 白山会

久约未达今夏至，携手甘为碧水池。

别嫌机缘时逼近，白山大泉有故事。

2023 年 5 月 6 日

## 杏 林

夏风十里望山乡，青松岭畔杏林黄。

开花时节未曾来，哪有心思枝头上。

2023 年 5 月 27 日

## 儿童节

祖孙小区漫步行，仿佛今日又年轻。

喜看孩童戏耍闹，又是将来好精英。

2023 年 6 月 1 日

## 夏夜行

夜幕池塘盛夏景，正是情蛙撩歌声。

初闻如梦清风雨，湖畔小路有人行。

2023 年 6 月 16 日

## 惜　别

连日繁忙入沉梦，一觉醒来天已明。

银杏大道遥望君，远去高铁飞驰行。

2023 年 9 月 10 日

## 幼儿园

幼儿园声声高昂，宝宝门外隔道墙。

每日如时此中来，想入学多么渴望。

2023 年 9 月 28 日

## 收　笔

自选诗集，出版在急。

样本勘误，今日收笔。

等待发行，传递欣喜。

2023 年 11 月 8 日

跋

# 风雨乘舟行

荆忠锋

　　我应邀为刘学继先生写诗集的"题跋"，感到更多的是一种信任，因为我也爱诗。当我接过刘学继先生的诗稿时，那诗稿上仿佛还留着他的余热和心跳……我双手捧着那一叠厚厚的诗稿，心中不由涌起一股暖流，我深知，他写这些诗是多么的不易啊……

　　每个诗人都有自己的乡土，乡是心的皈依。刘学继先生出生在二十个世纪五十年代，他是江苏邳州人，随着共和国的命脉，历经生活的风雨和坎坷，当农民耕种在艾山脚下，为医生治病救人于苏北鲁南，做传统文化行走苏鲁豫皖乃至全国多地，爱收藏遍访大江南北。他始终坚守着一片心田，着力使它保持一份清凉，由此而能轻装远足，去寻找诗意的故乡。我欣赏刘学继先生的诗歌，还因为我在里面能找到许多与自己心气相通的东西，仿佛看到了自己的身影。我觉得我和刘学继先生在诗歌营养、诗学观念、人生态度上有许多共同的地方。我们都是共和国的同龄人，历经三年经济困难时期、人民公社、"大跃进"、粉碎"四人帮"、恢复高考、改革开放等大事件，不管生活怎样，无论处境如何，心里始终狂热爱着诗歌。因为敬畏生命，所以敬畏神明，坚信心灵之间有隐秘通道，自然是有灵性的。相信生命可以飞翔，可以沉潜，可以与物化合为一。细读刘学继先生的诗歌，可以感受到时代对他的深刻的影响，可以看出诗人对诗歌灵性的皈依。

　　通读刘学继先生的全部诗文，感觉行云流水的语意迎面扑来，犹如一树结满了果实，个个饱满芬芳，晶莹剔透，折射出时代的光彩，诉说着一个歌者深厚宽广的理性思维和感知世界。这些纯朴清新的文字，就像一杯香茗，品上一口便久久萦绕在心头。诗歌中，无论是写景抒情，还是言志遣兴，或者抒怀寓意，无论是歌吟爱情，寄怀乡恋，还是咏叹亲情，诗句皆为委婉含蓄、细腻空灵、飘逸脱俗、饱蘸深情。诗人用他的阅历、感知和人生哲学给读者许多智慧，许多启迪。轻轻地翻阅，闲闲地逡巡，蓦然间，便会有一幅熟识美妙的画面闯入你的眼帘。刘学继先生用一本诗集和几十年的心灵感悟，去铺就一条幽静的诗歌小径。他一个人在小径上走着，清寂而闲适，惆怅而幸福。

在这金秋季节，我祝贺刘学继先生的诗集顺利出版，也祝愿他的诗越写越好、越写越美。愿他的诗能插上希望的翅膀，遨游在文学未来辉煌的时空，完成他心灵中的诗意人生。

于台儿庄古城

附属歌词

# 微电影主题歌

《俺娘的那双手》主题歌词：

## 俺娘的那双手

俺娘的那双手 / 为什么这么抖

那是为我追着太阳赶着月亮走

重担不弯腰 / 坎坷不开口

背我走上求医的路 / 不见华佗誓不休

俺娘的那双手 / 为啥那么抖

那是为我数着日子熬着光阴走

困难不屈服 / 眼泪她往肚里流

背我走上求医的路 / 不见华佗誓不休

俺娘的那双手 / 为儿操心数十个春秋

端汤喂药 / 细心地守候

让儿重获生命 / 从不离左右

俺娘的那双手 / 为儿受累忘了忧和愁

陪儿闯过阎王殿的门口

呵护儿的生命从青丝到白头

《艾山传奇》主题歌词：

# 艾山情歌

## 一

为艾而来 / 爱在山涧

妹在山后 / 哥在山前

妹妹想哥一条河 / 哥哥想妹一座山

妹妹河边站一站 / 河里有船又有帆

哥哥山下站一站 / 山高峰险难登攀

妹妹想哥易 / 哥哥想妹难

妹妹想哥打个盹 / 哥哥想妹思无限

## 二

为艾而来 / 爱在山涧

妹在山北 / 哥在山南

妹妹想哥一条河 / 哥哥想妹一座山

妹妹山下站一站 / 满山树林红果甜

哥哥河边站一站 / 河水无风起巨澜

妹妹想哥易 / 哥哥想妹难

妹妹想哥打个盹 / 哥哥想妹思无限

妹妹想哥打个盹 / 哥哥想妹思无限

《巧奇冤》主题歌词：

# 月亮出来亮堂堂

月亮出来亮堂堂

照得两眼直发慌

远看就是一汪水

掉里竟是粪壳郎

屋漏偏遭连阴雨

口渴又遇咸菜缸

拼命挣脱黄丝钩

哪知又进银线网

前年打的二两酒

如今还挂梁上头

累了喝口歇歇身

烦了一杯解忧伤

村民叫俺憨如意

事事都能沾着光

别看生辰八字差

逢凶化吉免遭殃

人人都说阴德好

巧奇冤事有缘良

# 电视剧主题歌

《徐福》传奇主题歌词：

## 出海歌

| | |
|---|---|
| 风萧萧 | 风萧萧 |
| 雾茫茫 | 夜茫茫 |
| 百舸入海 | 高家少小 |
| 龙舟正起航 | 几时才回乡 |
| 身受使命寻岛去 | 儿女远去父母忧 |
| 华夏文明撒东洋 | 点点船火莹莹光 |
| 风萧萧 | 风萧萧 |
| 雨茫茫 | 云茫茫 |
| 童男童女 | 沧海连天 |
| 泪眼相对望 | 与谁话凄凉 |
| 号子一声万里路 | 白鸥低飞巧戏水 |
| 轻踏波涛逐巨浪 | 唯有天际雁成行 |

《婚姻不是泡泡糖》主题歌词：

# 泡泡糖歌

婚姻不是泡泡糖 / 恋爱不是捉迷藏

结婚不是做儿戏 / 离婚岂是换新郎

夫妻不是握握手 / 姻缘不是撒渔网

丈夫不是发上卡 / 妻子不是花衣裳

夫妻本是同枝鸟 / 风花雪月登枝上

夫为兄来妻为妹 / 兄妹携手家园长

多思多想儿女事 / 多敬多孝拜高堂

没有渡不过的河 / 没有翻不过的岗

船到江心急补漏 / 马近悬崖快收缰

人生在世几十年 / 光阴不会无限长

《周七猴子》主题歌词：

## 醉酒歌

天上下雨地上流 / 一年四季无尽头

逢日三餐一壶酒 / 醒来不问醉后丑

天上下雨地上流 / 官人无奈周七猴

赶考路上不平事 / 世事逼我显身手

天上下雨地上流 / 老财任性我任牛

不怕杂家丢性命 / 斗败邪恶斗赖狗

天上下雨地上流 / 拉魂腔来唱不够

唱醒阎王唱玉帝 / 唱得坏人夜夜愁

天上下雨地上流 / 骑着毛驴走九州

走遍天下坎坷路 / 不知几时才回头

天上下雨地上流 / 快跑不如漫步走

走来走去梦里去 / 醒来又是一壶酒

《今夜小院又春风》主题歌词：

# 小院情

小院今夜又春风 / 南园树下月明中

门前沟溪淇淇雨 / 高山流水潺潺冲

今夜小院又春风 / 南园树下月明中

月下相逢人还语 / 小院说透离别情

小院今夜又春风 / 南园树下月明中

说不尽的心里话 / 院里灯火到天明

小院今夜又春风 / 南园树下月明中

今生今世又重来 / 扯不断的离别情

小院今夜又春风 / 正是南园月半明

月下几拨人未去 / 茅屋山下好风景

《李二旦和那些女人们》主题歌词：

# 牧羊歌

我赶着羊

带着娃

身后跟个狗尾巴

我走过坡

跨过洼

遍地都是好庄稼

结着果

开着花

高的是玉米

矮的是芝麻

不高不矮是西瓜

西瓜吃到我嘴里

甜到心

笑掉牙

都是国家政策好

一窝羊

一群娃

两眼直看这山下

黄彤彤的是梨

白茫茫的是棉花

电视剧《刘墉下邳州》主题歌词

# 扁担歌

秋风近　秋风近

晚风凉　晚风凉

囤中无谷米　囤中无米


离家去逃荒　离家去逃荒

一双儿女不愿走　亲邻好友远相送

翻身打滚喊爹娘　小狗紧跟铃铛响

秋风近　秋风近

晚风凉　晚风凉

囤中无谷米　囤中无谷米


离家去逃荒　离家去逃荒

脚踏沉步路途远　家中二老无依靠

扁担两头是架筐　手扶木门泪眼望

微电影《父亲你是我的山》主题歌词

# 父亲的肩膀

父亲的肩膀

丛来都没有离开过扁担

你那挑起的架筐

就是我们小时候的摇篮

你送走了寒冬

又迎来了花开的春天

艰难的熬过盛夏

用喜悦看着秋收的田园

你脚下踩的是地

担起的却是沉重的山

年有四季分

你却从没有过清闲

含辛茹苦一生过

头发变白腰已弯

家依然还在

你却驾鹤西去不回还

彩色电影《风中飘着槐花》主题歌词：

# 槐花飘

　　槐花飘，槐花扬，槐花香飘十里庄，庄里妹妹叫槐花，爱上哥哥叫白杨，美丽故事传佳话，多少文人出华章。

　　槐花飘，槐花扬，槐花香飘胡同巷，胡同巷里一眼井，辘轳井绳无限长，哥哥每天来挑水，妹妹井台洗衣裳。

　　槐花飘，槐花扬，槐花香飘南山岗，哥哥山岗赶耕牛，妹妹山岗放群羊，牛羊追逐逗嬉闹，哥哥妹妹捉迷藏。

　　槐花飘，槐花扬，槐花香落槐树上，槐树下面茅草屋，屋外围绕篱笆墙，哥哥墙外招个手，妹妹墙里偷相望。

　　槐花飘，槐花扬，槐花香飘大学堂，哥哥学堂苦读书，妹妹家乡农活忙，为供哥哥完学业，采摘槐花卖茶坊。

后

记

# 耕 耘 历 程

　　我的诗歌创作，是从 1970 年前开始的，当第一首诗写好之后，就有一种成就感，这种成就感，是任何物质都无法换取的喜悦。这种喜悦在以后诗歌的创作中，一直激励着我，使我的诗歌创作如长河流水，湍急不息。

　　诗歌来源于生活、来源于灵感、也来源于美好的大自然，更是来源于环境。什么样的环境，就可写出什么样内容的诗，有的时候高兴了即兴能写出几首；有的时候苦闷了，也可以写上几首，即使在压力大的时候，也会写出更好的诗歌来。

　　由于当时的条件有限，诗只能写在小日记本子里，日子长了，在不断的写作中，写满了几个日记本子，也没有什么章节、类别及标题，显得有些乱，查找起来很不方便。随着电脑的普及，也就离开了笔写本存的传统方式了。在此要感谢王鹏骄、王方吉，在他俩的影响及帮助下，我很快学会了电脑，于是写诗也就用上了电脑。诗写好之后是随便放在文件夹里的，或者发在"博客"上，也没有标题及归类。在日写月累的情况下，亦显得有些不规范。由于没有闲余时间，一直没有整理成册。

　　前一段时间，机会终于到来了，我充分利用疫情期间闲暇之余及带孙子的有利空隙，经过了寒冬暑夏，我把零散诗歌分别别类，选编入集。从 1968 年的第一首诗至今，整理成一本八百余首的《八月十五月正圆》一书。诗集成册后，缺欠的就是诗集的"序言"了。

于是我找到了当今著名作家宋若铭先生，他给我的诗集写出了长达2960字的"序言"，为我的诗集增添了风采。"题跋"是荆忠锋先生写的，他在百忙的工作中，抽出时间来，给我的诗集写"题跋"，使我的诗集更加完美了。

还有诗歌在创作中所巧遇的几件事，给予我诗歌创作上精神食粮和无穷的力量。记得有一次，一个企业老板，远在深圳，在网上看到了我的一首诗歌《湖畔》，连夜发来短信"刘老师，你这首诗写得很感人，就好像是我所经历的一样啊"？

第二件是在山西太原做项目的一个老板，也是在"博客"上看到我的一首诗歌《阳台花》。因为这首小诗，我们做了好朋友。他还不断地鼓励我写出更多的诗歌来，将来好尽快出版诗集。

文友张亚看了诗集序言后，感慨致言："拜读了宋若铭老师写的'序'，更加期待学继兄诗集的问世。尤喜欢'踏青'和'银杏情'。前者观察细致入微，语言生动。后一首意境深远，有如古代泼墨山水画的感觉……在我的眼中展开的是一幅这样的画卷：远山如黛，细水如练，在两颗千年古银杏树下，两位老者鹤发童颜、精神矍铄，他们在煮茶焚香，听琴放鹤……"唐沛老师看到我的诗集《圆月》一诗后说："真是千古一绝，当今佳句啊。"张希敬见到诗集封面时说："这个题图，配上这首诗，已经是最好的诠释了，画中形象非常传神，仰望明月，若有所思，让人看后无限遐想。封底的设计更是别致，一眼就把我给吸引住了，使我回忆起那个难忘的时代。"诗人韩梅赏评说："好的诗往往都是最寻常的词，但是就这寻常的句子，能让人读来心头一颤。勾起灵魂的共鸣！如这首《圆月》中写的，'谁知情纷点点血'就这样简短的几个字，却让人真实地感受到那份情的至诚和挚真。这是爱而不得！自古最美好的感情都是相忘于江湖的。正所谓相见不如怀念。真若得到了，这情也就逊色了，诗人写出了自然中的'月圆'，心中的'月缺'。这是一种遗憾，更是一种永远的悬思。"

感谢鲁连仕老师，他鼓励我写诗，更是不遗余力地帮我阅稿甄误，并写出"阅稿感言"："在现实生活中，节奏极快，人人奔波，很少有传承习作古典诗词的空隙。而学继的诗歌，挣脱窠臼，推陈出新，短小精练。虽讴歌现实生活中的平凡小事，却寄寓着非凡理想之情操。语言通俗明快，上口易记。描摹生动，意境高远。赞美生活，针砭时弊，反映历史真实，给人亲临其境之感，悦人身心，赋予启迪"。

戴修桥老师也很欣赏我的诗，他对每一首诗都作以点评，同时也都对应的和上一首诗，并特为本集写了"展卷寄语"，现节选几段以示感谢："学继写诗有技巧，他能够捕捉形象，捕捉时机，运用艺术效果来表达自己的情感，言有尽而意无穷，语言省净，含意丰满，形象鲜明，艺术性强，多有意趣和魅力。"

李璇老师看了诗集后，也发来了赏评："读了刘学继老师的诗集《八月十五月正圆》，诗句很有浓郁的生活气息，让人读了爱罢不休，又仿佛春风拂面般的温暖，看似平常的字句，在作者的组合下，充满了无穷的生命力，让人遐想，让人回味，品出大自然的清馨，折射了婉约的小桥流水，体会内心世界里真实的自我，乐在其中。字句组合精妙，对生活的热情连同永生的灵魂仿佛都跳动起来了。"

感谢柳树明先生，他不辞劳苦而热情地为诗集的样本印制装订。

后记

感谢吴荣山、冯辉、刘莉等朋友，帮我参考设计封面、封底，感谢文友衡博热心帮助"卷首篇"诗歌的选定，感谢所有朋友们一直以来对诗集《八月十五月正圆》成书的关注及支持。

另外，诗集的成书，更离不开家庭的支持，因而也要感谢他们。特别是孙子宝宝（子粲），我在校正书稿的时候，他始终围绕在我的膝下，虽是有些"扰乱"了，但却也给我带来了无穷尽的乐趣。

由于本人水平有限，书中难免会出现这样或者那样的错误，敬请读者朋友们批评指正。

作　者

2023 年 11 月 8 日